AF191878

Mein Dank an:
Aimée, Lucie, Monique und an meine Mutter,
Anne Hansen (www.frauhdesign.de),
Barbara Tetenborn (die gute Fee),
Jens Horn und Joachim Fessler,
an all die, die mich mit Zuversicht unterstützen
sowie an Inga.

Inga

kleine Katastrophen

und ich

37 heitere Kurzgeschichten

von Armin Sengbusch

Bibliografische Information der Deutschen Nationalbibliothek
Die Deutsche Nationalbibliothek verzeichnet diese Publikation in der Deutschen Nationalbibliografie; detaillierte bibliografische Daten sind im Internet über http://dnb.d-nb.de abrufbar.

© Texte & Fotos: Armin Sengbusch
Herstellung und Verlag:
Books on Demand GmbH, Norderstedt
Satz und Layout:
Anne Hansen (www.frauhdesign.de)
ISBN: 978-3-8334-8441-4

Für Mutti und Al

Inga, kleine Katastrophen und ich

Vor Telefonen wird gewarnt

In der Regel bin ich ein sehr beherrschter, ausgeglichener Mensch, der sich durch nichts aus der Ruhe bringen lässt. In Ausnahmefällen gerate ich bei ungünstiger Sonneneinstrahlung außer Kontrolle, und auch die alljährliche Zeitumstellung, in der man sich von mir eine ganz Stunde über einen viel zu langen Zeitraum borgt, macht mich mitunter ungehalten. Aber wie gesagt, das sind Ausnahmen. Meine beste Freundin Inga ist da temperamentvoller: Sie hat kürzlich einem Staubsaugervertreter vor das Schienbein getreten und übt sich seit ein paar Monaten in der Disziplin Schnurloses-Telefon-Weitwurf, hat dabei schon beachtliche Erfolge erzielt. Schade, dass diese Übung nicht für die Olympischen Spiele vorgeschlagen wurde, denn irgendwann wird Inga für so etwas zu alt sein. Vielleicht ist ihr Telefonweitwurf auch nur eine Folgereaktion aus den Gesprächen mit mir, das weiß ich nicht. Inga behauptet es.

„Hallo Inga, ich brauche nur kurz einen Rat", erklärte ich. „Was denn?", fragte sie, „ich habe nicht so viel Zeit, ich muss in einer halben Stunde weg."

„Oh, mit wem?"

„Kennst du nicht", antwortete sie, und ich überlegte fieberhaft, mit wem sie sich treffen könnte, den ich nicht kannte. „Sag doch mal, vielleicht kenne ich ihn."

„Es ist eine Frau."

„Aha", murmelte ich und fragte mich, was Inga denn wohl mit einer Frau vorhatte. Vielleicht gab es ja noch etwas, das ich nicht von Inga wusste. „Und? Was wolltest du nun?" Ingas Frage kam ein wenig plötzlich, denn ich war in meinen Gedanken bei der anderen Frau. „Ist sie denn hübsch?", bohrte ich versehentlich weiter, denn eigentlich bin ich nicht neugierig. „Warum willst du das denn nun wissen?"

„Naja", stammelte ich, „vielleicht wäre sie ja was für mich, als, als Frau, oder eben Freundin..."

„Mensch, die ist schon älter", stöhnte Inga, „und verheiratet. Wir treffen uns nur so zum Klönen"

„Ach", entfuhr es mir und ich konnte nicht begreifen, was Inga mit einer verheirateten, älteren Frau, die vermutlich auch gar nicht hübsch war, zu bereden hatte. „Wofür wolltest du denn nun einen Rat haben?", fragte sie mich, und ich glaubte, einen etwas unruhigen Unterton bei ihr zu hören. „Ich, warte mal, es war irgendetwas mit – nein, ach, ich rufe Dich gleich noch mal an."

„Ich bin gleich weg", sagte Inga ein wenig unterkühlt, und ich verkniff mir den Kommentar, dass ältere Frauen in der Regel viel mehr Zeit haben und sie sich nicht so unter Druck setzen solle. Obwohl ich sicher bin, dass es stimmt. Eigentlich.

„Ja?" Inga meldet sich fast nie mit ihrem Namen und ich habe das auch schon mehrfach moniert, zumal ich sie dadurch schon einmal versehentlich mit „Mami" ansprach, weil mir ihr Name entfallen war und ich ihn auf meiner Namensliste neben dem Telefon nicht finden konnte. Sie steht da auch nicht unter „I", sondern unter ihrem Nachnamen und den kann ich mir gar nicht merken, ja, ich glaube, Inga heißt auch Inga mit Nachnamen. Oder Witte. „Hallo?", fragte ich und Inga seufzte leise: „Du bist es."

„Ja", antwortete ich, „jetzt weiß ich es."

„Na?"

„Es ist deine Mutter." Stille. Noch mal Stille. „Hallo?", fragte ich nun zum zweiten Mal und Inga grunzte. Zumindest hörte es sich nach ihr an, und ich bin mir sicher, dass sie keine Haustiere hat. Außer einem Hamster, aber der ist seit sechs Monaten an der linken Vorderpfote gelähmt, hat ganz schlimme Karies und grunzt nicht, da bin ich mir sicher. Jedenfalls nicht so laut. „Nein, es ist nicht meine Mutter", fuhr Inga mich an, „und ich muss gleich weg."

„Ja, ich weiß. du triffst Dich gleich mit der älteren Frau."

„Ja!"

Ich verstand nicht, dass sie laut wurde, dafür gab es keinen Grund. Schließlich hatte ich als ihr bester Freund Interesse an ihrem Wohl und es konnte ja sein, dass mich jemand anrief und fragte, was Inga denn so macht. Ihre Mutter zum Beispiel, denn mit der traf sie sich ja nicht, ihr Vater kam dafür auch in Frage.

Inga holte tief Luft, so als müsste sie sich beruhigen: „Du wolltest vorhin einen Rat. Kann sich der vergessliche Herr vielleicht daran erinnern? Es wäre sehr schön, dann könnte ich nun endlich ruhigen Gewissens das Haus verlassen." Nun wurde Inga auch noch unfreundlich, und dafür gab es nun wirklich keinen Anlass, schließlich meinte ich es doch nur gut. Ich machte mir wirklich Sorgen um sie, vielleicht gab es ja auch einen ernsten Grund für das Gespräch mit dieser älteren Frau. Vielleicht war Inga in psychologischer Behandlung und ich wusste nichts davon? Nein, das konnte nicht sein, das hätte sie mir sicher erzählt. Ganz sicher. Inga erzählt mir alles. Sogar die Lähmung ihres Hamsters hat sie mir nicht verschwiegen, und ich weiß sogar, wann sie Geburtstag hat, aber ich habe es leider vergessen. Doch das macht nichts, denn das steht auf der Liste, die neben meinem Telefon liegt, hinter ihrem Namen. Unter „I". Nein, unter „W".

„Also, wolltest du nun einen Rat?" Inga klang gereizt, vielleicht war sie von irgendetwas genervt. „Ja, natürlich", antwortete ich und bemühte mich, Ruhe und Gelassenheit auszustrahlen, „aber das ist jetzt nicht so wichtig, du wirkst ein wenig angespannt."

„Aha."

„Nein, nein", sagte ich freundlich, „ich merke so etwas sofort, für so etwas habe ich ein feines Gespür." Inga schwieg, vermutlich ging ihr meine Anteilnahme nahe, war sie gerührt von so viel Verständnis. „Wir hören besser jetzt auf zu telefonieren", erklärte ich lächelnd und Inga legte wortlos auf.

„Ich weiß, dass du es bist", sagte Inga tonlos, als ich zwölf Sekunden später wieder anrief, „und ich hoffe, du hast einen guten Grund dafür." Ich nickte, aber das konnte Inga nicht sehen: „Du triffst Dich doch mit einem Mann", sagte ich, „es ist bestimmt dein Ex-Freund, sonst wärest du jetzt nicht so genervt." Als Antwort vernahm ich ein langes, lautes Rauschen, Glassplittern, heftiges Gepolter und kurz darauf drangen hektische italienische Wortfetzen an mein Ohr. Da die Pizzeria bei Inga an der Ecke vormittags geschlossen hat, muss ihr Telefon nun irgendwo in Mailand liegen.

Der beste Freund

Ich gehe für mein Leben gern spazieren, allerdings nur, wenn das Wetter dementsprechend ist. Im Winter ist es mir zu kalt oder zu nass, im Herbst ist es meistens matschig und rutschig, im Frühling fliegen jede Menge Pollen durch die Luft, so dass ich allergiebedingt nicht frei atmen kann. Was bleibt, ist der Sommer. Doch gerade zu dieser Jahreszeit ist alles auf den Beinen, alles hastet durch den Wald und über die Felder, überall trifft man auf Jogger, deren Achsel- und Stirnschweiß ungehindert im Vorbeilaufen auf meine neuen Sandalen tropft, Eltern mit quengelnden Sprösslingen, die sich mit altersbedingtem typischen Harndrang ständig in die Büsche verziehen, um dort auf Liebespaare zu treffen, die gerade in der lauen Sommerluft ein Schäferstündchen wagen. Nirgendwo sehe ich noch Fuchs und Hase sich jagen, kein Reh grast mehr still am Waldesrand, und selbst die Vögel sind in den vergangenen Jahren stiller geworden. Kein Wunder, denn Ausflugsgruppen aus Schule und Kindergarten beschallen den Wald mit munterem, frischen Liedgut, das mich immer wieder an den fast schon vergessenen Radiosender NDR 3 erinnert. Aber das ist natürlich noch nicht alles, was sich im Sommer so durch den Wald bewegt.

Ich könnte das alles vielleicht ertragen, wären da nicht die einzelnen Frauen und Männer mit den besten Freunden des Menschen: Dem treuen, leicht dämlichen, Duftmarken setzenden Vierbeiner, der hin und wieder munter bellt, ansonsten aber bis zur Erschöpfung hechelt und schnuppert. Es ist beileibe nicht so, dass ich Hunde nicht mag, nein: Ich hasse sie. Das mag sicher auf Gegenseitigkeit beruhen, doch ich möchte erwähnen, dass diese behaarten Kerle mit dem Kleinkrieg angefangen haben. Ich bin friedliebend und beiße niemanden in die Wade oder in den Hintern, nur weil mir sein Geruch nicht passt. Schon allein deswegen nicht, weil ich Vegetarier bin. Aber diese Tiere sind unberechenbar, ganz im Gegensatz zu mir.

Es geschah an einem Sonntag, zu einer Uhrzeit, zu der jeder christliche Mensch in der Kirche sein sollte. Und während ich durch den Wald spazieren ging, fragte ich mich, warum all die vielen Menschen Kirchensteuer bezahlen, wenn sie das Haus Gottes nur zu Weihnachten betreten. Vielleicht – und das nur als Anmerkung für die Pastoren und Pfarrer – sollte die Kirche mal über ein Eintrittsgeld nachdenken, mit einer Art Topzuschlag zu den Feiertagen, dann könnte man vielleicht auf diese lästige Steuer verzichten. Und die Herren auf der Kanzel wären dann nach Leistung zu bezahlen und – nein, das führt jetzt zu weit.

Der beste Freund

Ich hatte gerade eine ruhige Ecke im Wald gefunden, an der ich kaum Kindergeschrei und andere Stimmen vernahm, als ich eine junge Frau mit einem Hund auf mich zukommen sah. Eigentlich war es eher andersherum, denn der Hund zog die Frau, die sich mit Macht gegen die Kraft des gigantischen Vierbeiners stemmte. Ich kenne mich mit diesen Tieren nicht aus, aber für mich sah er aus wie ein kleiner Bär, nur dass er eben bellte. Der Hund keuchte, weil ihm das Halsband die Luft zum Atmen nahm, und auch die Frau keuchte vor Anstrengung. Für mich hingegen gab es keine Ausweichmöglichkeit: Rechts und links des Weges war dichtes Buschwerk, und ich wollte auch nicht als ein Hasenfuß gelten. Die Beiden kamen näher und näher, und ich machte mich auf das Schlimmste gefasst.

Direkt vor mir stoppte der Hund, und die Besitzerin taumelte ein paar Schritte vorwärts. Auch ich blieb stehen und sah zunächst den Hund und dann die Frau an. Sie lächelte erschöpft: „Tag, keine Angst, der schnuppert nur", sagte sie außer Atem und ich schluckte: „Nein, Angst habe ich nicht. Jedenfalls nicht so richtig. Oder beißt der?" Die Frau schüttelte energisch den Kopf, und der Hund begann, an meinen Beinen zu riechen, hinterließ eine feine, glibberige Speichelspur auf meiner schwarzen Jeans. „Ist er nicht süß?", fragte die Frau und während ich überlegte, ob sie den Schleim oder das Ungetüm vor mir meinte, rammte dieser ohne Vorwarnung seine gigantische Nase zwischen meine Beine und ließ mich zusammensinken. „Nicht in die Knie gehen", rief mir die Frau hektisch zu, „das hat Rasputin nicht so gern, dann wird er aggressiv."

„Ach", erwiderte ich und drückte mich ächzend nach oben: Ein Hund mit diesem Namen konnte nicht ungefährlich sein. Und als ob er Gedanken lesen könnte, duckte sich Rasputin und fing an, mich anzuknurren.

„Jetzt ganz ruhig bleiben und nicht bewegen", meinte die Frau und ich bemerkte mit leichtem Unwohlsein den panischen Unterton in ihrer Stimme. „Nicht bewegen ist leicht gesagt", flüsterte ich ihr zu, „ich wollte eigentlich gerade gehen."

„Warten Sie, ich will versuchen, ihn am Halsband festzuhalten, dann ist es halb so wild." Aber Hunde sind nicht dumm: Rasputin robbte langsam auf mich zu, fletschte die Zähne, und ich ließ mich zu einer unüberlegten Handlung hinreißen. Ich glaubte, dass ein plötzlicher Ausfallschritt mich, meine Jeans und meine Gesundheit retten konnte, doch die Bestie ahnte diesen Schritt, und noch während ich in der Luft war, sprang Rasputin auf mich zu und verbiss sich in meiner Jeans und nicht zuletzt in meiner Wade.

„Er will nur spielen", lachte die Frau hysterisch und zerrte wie wild an der Leine, wodurch sich die Zähne des Untieres nur noch tiefer in mein Fleisch bohrten. Meine Jeans war hinüber, nun galt es, mein Leben zu retten oder zumindest die abrupte Amputation meines Beines zu verhindern. „Hilfe, Hilfe", schrie ich aus Leibeskräften, aber immer dann, wenn man ruft, kommt keiner. Die nächste Polizeistation war auch erst im übernächsten Dorf zu finden und außerdem hatte ich keinen Kugelschreiber bei mir, um eines dieser wichtigen Formulare auszufüllen. Mit dem freien Bein versuchte ich, nach dem Köter zu treten, aber mein Ansinnen blieb erfolglos, da Rasputin gegen Schmerzen gefeit war – im Gegensatz zu mir.

Ich wäre sicher elend umgekommen, gäbe es nicht die Pfadfinder: Mit einem frischen Liedchen auf den Lippen – ich glaube, es war „Im Frühtau zu Berge" – zogen sie an dem Schauplatz des Schreckens vorbei: Entweder waren Rasputin oder die Pfadfinder unmusikalisch, in jedem Fall suchte das Tier mit seinem Frauchen im Schlepptau winselnd das Weite.

Ich empfehle unmusikalischen Menschen, den Wald zu meiden.

Frauen haben keine Ahnung

Technik begeistert mich immer wieder. Wirklich. Gut, ich bin nicht auf dem geistigen Niveau dieses Tennisspielers, der sich freut, wenn er ins Internet kommt; nein, ich gehöre zu den Menschen, die noch immer fasziniert vor einem Rechner sitzen und fragen: „Wo schalte ich das Ding ein?" Wirklich. Aber das liegt ganz sicher daran, dass ich keine Bedienungsanleitungen lese, ich halte sie einfach nicht für wichtig. Keines von diesen Heftchen taucht auf der Bestsellerliste im Spiegel auf, und auch das „Literarische Quartett" hat sich bislang nicht mit solcher Lektüre befasst. Schon mein Vater hat Bedienungsanleitungen boykottiert, es liegt also in meinen Genen. Ich glaube, meine komplette Familie widersetzt sich schriftlichen Anleitungen – was viele Flugzeugabstürze und auch diverse Fehlstarts beim Space Shuttle erklären würde. Das berüchtigte menschliche Versagen ist zu neunundneunzig Prozent auf derartige Weise zu erklären. Ein Vetter in Japan zeichnet im Übrigen für den Unfall im dortigen Atomkraftwerk verantwortlich – das nur nebenbei.

Meine Freundin Inga stammt nicht von meiner Familie ab, denn sie schwört auf Bedienungsanleitungen. Zum Aufbauen ihrer neuen Stereoanlage zog sie mich als technischen Berater hinzu. Schließlich heißt es ja, Männer seien technisch begabt und könnten logisch denken. So wie dieser Tennisspieler oder auch der Klempner, der versehentlich meinen Keller unter Wasser gesetzt hat, weil er die Anschlüsse verwechselt hatte. Aber das sind Kleinigkeiten, und für meinen Keller gibt es auch keine Bedienungsanleitung. Glaube ich.

„Himmel, das sind ja so viele Kabel, das kriegen wir nie hin!", stöhnte Inga und starrte dabei auf das Durcheinander in der Klarsicht-Plastiktüte. „Zu jedem Kabel gehört ein Stecker und ein Loch, in das er hineinpasst", erklärte ich mit ruhiger Stimme, „das löst sich alles von ganz allein."

„Sehr witzig!", meinte sie, „Die Dinger sehen alle fast gleich aus."

„Dann ist es auch egal, wo wir sie reinstecken." Auf diese logische Folgerung hatte Inga nichts zu erwidern, sondern winkte nur müde ab. Männer haben eben einfach ein gewisses Grundverständnis für technische Dinge, auch ohne Bedienungsanleitungen mit unverständlichen Schaubildern zu studieren.

„Stellen Sie die Geräte auf festen soliden Untergrund", las Inga vor. „Hast du gehört?"

„Ja, schon klar", murmelte ich, „Lass mich erst mal die Verkabelung klären. Danach können wir das Ding immer noch hinstellen, wohin du willst." Ich fand es äußerst unpassend, dass sie meinen technischen Fähigkeiten nicht vertraute. Gut, ich habe die Waschmaschine nicht reparieren können, aber aus der gläsernen Klappe habe ich ihr eine sehr schöne Salatschüssel gebastelt, um die sie jeder Küchenchef beneiden wird. Ich wette, die Frau dieses Tennisspielers hat auch so eine Schüssel. Meine Mutter hat sogar zwei davon.

„Verbinden Sie zuerst das Flachbandkabel mit dem Verstärker und dem Kassettendeck und dann mit dem CD-Wechsler." Inga ließ sich durch mein Zischen und Grunzen nicht beirren: „Die Stecker müssen fest in die Buchsen gedrückt werden."

„Ich bin nicht blöd", unterbrach ich sie genervt, „ich war gerade dabei, genau das zu machen!" Und zur Bekräftigung drückte ich den Stecker tief in die Buchse und die Buchse tief in den Verstärker. „Ist das Ding aus China? Die Verarbeitung kommt mir spanisch vor..." Inga blickte von der Bedienungsanleitung auf: „Warum? Was ist los?"

„Nichts, es ist alles in Ordnung", murmelte ich leise und versuchte, die Buchse mit dem Stecker aus dem Verstärker zu pulen. Aber schließlich ließ ich es so, wie es war, denn im Grunde genommen ging es ja um den Kontakt des Steckers – es würde auch so funktionieren.

„Die Lautsprecherkabel sind gekennzeichnet und..."

„Inga!", unterbrach ich sie, „soll ich Dir helfen oder dein Kabelträger sein? Ich weiß, wie die Kabel gekennzeichnet sind und kann das ganz allein." Eigentlich wusste ich nicht, dass diese Dinger gekennzeichnet waren, ich wusste im Grunde genommen nicht einmal, welche Kabel zu den Lautsprechern gehörten, aber das musste Inga nicht wissen. Ich vertraute einfach voll und ganz auf mein technisches Verständnis, das mich bislang nur selten im Stich gelassen hatte. Außer vielleicht beim Zusammenbauen dieses schwedischen Schrankes, bei dem ich die Türen auf der falschen Seite montiert hatte. Aber so etwas kann dem besten Tennisspieler passieren.

„So, fertig." Ich nahm den Stecker in die Hand und hielt nach einer Steckdose Ausschau. Inga beäugte meine Arbeit kritisch: „Es sieht nicht so aus wie auf Abbildung C", meinte sie und sah mich fragend an. Aber Frauen haben eben einfach keine Ahnung von technischen Dingen. „Wahrscheinlich hältst du das Heft verkehrt herum", frotzelte ich mit dem beruhigenden Wissen, dass ich alles richtig gemacht hatte. Naja, fast. Einige Stecker passten nicht richtig in die Öffnungen und ich war mir nicht ganz sicher, ob die Öffnungen überhaupt für elektrische Impulse ausgelegt waren. Doch letztlich konnte es mir egal sein, denn zum einen war es nicht meine Anlage und zum anderen bin ich nicht für die Fehler verantwortlich, die Frauen in China am Fließband produzieren. Es können nur Frauen gewesen sein, Männer hätten die richtigen Öffnungen eingebaut. Oder Buchsen. Oder Dosen. Oder wie auch immer diese Dinger heißen. So etwas wissen Tennisspieler auch nicht, und die sind schon weit herumgekommen.

„Ich bin nicht wirklich überzeugt", sagte Inga skeptisch und stemmte die Hände in die Hüften, „Wenn du irgendetwas falsch zusammengesteckt hast, dann bezahlst du die Anlage."

„Pah! Warte nur ab: Jetzt kommt der große Moment!", deklarierte ich feierlich und ging mit dem Stecker in Richtung der nächstgelegenen Steckdose. Für die Verlegung der elektrischen Anschlüsse in Ingas Wohnung muss eine Frau verantwortlich sein, denn die nächste Steckdose war viel zu weit von der Anlage. So weit, dass das neue Gerät mir beim Suchen helfen wollte und dabei vom Tisch fiel. Es ist erstaunlich, wie wenig Bauteile die Chinesinnen für ihre Geräte verwenden.

Inga behauptet, dass die Stereoanlage jetzt kaputt ist – Frauen haben eben einfach keine Ahnung von Technik.

Ich zähle bis drei

Man kann mir die Haare von den Beinen mit Wachs entfernen, ich würde nicht mit der Wimper zucken. Auch wenn jemand auf den Fingernägeln kaut, lässt mich das kalt. Das Einzige, das mich wirklich weich macht, sind Zahnschmerzen. Besonders dann, wenn es meine eigenen Zähne betrifft. Hinten links oder in der Mitte oben ist es am schlimmsten. vor ein paar Wochen habe ich mich vier Tage lang von Weingummis ernährt, weil meine Schneidezähne nach dem Verzehr eines grobkörnigen Schwarzbrotes so sehr wackelten, dass ich nichts anderes mehr essen konnte. Dummerweise habe ich mir am vierten Tag mit einem schwarzen Exemplar der englischen Gummiteile die Füllung eines Backenzahnes entfernt. Das Loch war groß, ziemlich groß. Das merkte ich, als ich mich an den Rand stellte und einen Stein hinunterfallen ließ: Es dauerte eine ganze Weile, bis ich endlich den Aufprall hörte. Der Gang zum Zahnarzt war unvermeidlich.

Ich sollte vielleicht erwähnen, dass meine Angst vor Zahnärzten größer ist als die vor Zahnschmerzen, und das nicht ganz unbegründet. In meiner Jugend war ich oft beim Zahnarzt, hatte aber das Pech, bei einem Sadisten gelandet zu sein. Genauer gesagt: Bei einer Sadistin. „Wenn es weh tut, kurz Laut geben. Dann zähle ich bis drei und höre auf." Ich bin jedesmal darauf reingefallen, jedesmal zählte sie bis zwei und hörte nicht auf. Ich kann mich noch an ihr Grinsen erinnern, wenn mir die Tränen in die Augen traten, und die Sprechstundenhilfen, die mich an den Armen und Beinen festhielten, grinsten ebenfalls. Wenn ich aus dem Behandlungszimmer kam, dann grinsten mich die Patienten an, weil meine Schmerzensschreie nicht zu überhören gewesen waren. Angeblich versammelte sich während meiner Behandlungstermine regelmäßig vor der Praxis eine grinsende Menge, die sich aber sofort auflöste, wenn ich das Haus verließ. Die gute Frau, die mich damals behandelte, starb unter mysteriösen Umständen: Sie wurde von einer Schreibmaschine erschlagen. Ich selbst hatte ein gutes Alibi, denn mich plagten heftige Zahnschmerzen. Allerdings hätte ich später gern meine Schreibmaschine wiedergehabt.

Wie dem auch sei: vor ein paar Wochen musste ich mit diesem gigantischen Loch zum Zahnarzt, schon allein deshalb, weil sich dort eine halbe Pizza befand und mich zusätzlich zu den Zahnschmerzen auch noch der Hunger plagte. Ich suchte mir aus den „Gelben Seiten" einen Arzt heraus, dessen Name mir sympathisch erschien, den ich aber jetzt nicht nennen möchte. Es dauerte nicht lange, bis ich einen Termin bekam, genaugenommen saß ich schon zehn Minuten nach meinem Anruf im Wartezimmer. Im selben Moment, in dem ich die Praxis betrat, verschwanden die Schmerzen. Und ich fragte mich, warum ich überhaupt hierher gekommen war. Aber um das Haus wieder zu verlassen, musste ich an der Anmeldung vorbei: Kreativität ist meine Stärke

„Ich habe ganz vergessen, den Herd auszumachen", erklärte ich der jungen Dame im Vorübergehen, doch sie sah mich nur spöttisch an, und so stürzte ich auf die Tür mit dem Schild „Ausgang" zu. Es war ein hinterhältiger Trick, einer, der nur von Zahnärzten praktiziert wird. Oder von mittelalterlichen Mönchen, von Bartträgern oder Versicherungskaufleuten, denn hinter dem Schild „Ausgang" verbarg sich das Behandlungszimmer. Die Tür schloss sich fast geräuschlos, und ein Mann in weißem Kittel lächelte mich freundlich an. Es gab keinen Weg zurück, das Drama nahm seinen Lauf.

„Sehr gemütlich haben Sie es hier", stammelte ich und ruckelte an der Tür, die jedoch fest verschlossen war. „Kann ich Ihnen helfen?" fragte der Arzt und zog sich gelassen die Gummihandschuhe an. Wie aus dem Boden gestampft tauchten plötzlich zwei blonde Frauen auf, die ebenfalls weiße Kittel trugen und die sich so ähnlich sahen, dass ich mich fragte, ob Zahnärzten das Klonen von Angestellten erlaubt sei. „Nein, ich bin ganz zufrieden", entgegnete ich und tänzelte wie ein Boxer um den Behandlungsstuhl, versuchte dabei, eine Lücke in der Reihe der drei Weißkittel zu finden, denn hinten, am anderen Ende des Raumes, konnte ich eine Tür ausmachen, die sicher nicht verschlossen war. Ein Sprung aus dem Fenster kam nicht in Frage, denn die waren doppelt verglast und von außen vergittert. Meine Lage war ernst, aber nicht hoffnungslos und so versuchte ich, meine Gegner in die Irre zu führen: „Ich bin gar nicht versichert", rief ich durch den Raum.

Ich hoffte auf einen Moment der Verwirrung, doch der Gegner war auf alles vorbereitet und zeigte keine Anzeichen von Unsicherheit. Im Gegenteil: Die Drei grinsten, und diesen Gesichtsausdruck kannte ich nur zu gut, denn er erinnerte mich an meine alte Schreibmaschine, die ich nun gut hätte gebrauchen können. Der Gegner formierte sich, deckte den hinteren Teil des Raumes geschickt ab und kreiste mich langsam ein. Das Ganze hatte Ähnlichkeit mit American Football, doch leider bin ich sportlich vollkommen unbegabt: Mein verzweifelter Sprung in die Verteidigungslinie des Gegners schlug vollkommen fehl, die geklonten Sprechstundenhilfen packten mich mit stahlhartem Griff und drückten mich unter den forschen Kommandos des Arztes auf den Behandlungsstuhl. „So, war doch halb so schlimm", grinste er, „Jetzt gucken wir uns das Desaster mal an, denn ich will Ihnen ja helfen."

Der Haken in seiner rechten Hand wirkte auf mich eher wie ein Utensil aus einem Piratenfilm als wie ein Mittel, um mir zu helfen: „Waren Sie denn mal kürzlich im Kino?", versuchte ich ihn abzulenken, doch das war ein Fehler: In dem Moment, in dem ich den Mund öffnete, schob er mir einen Keil zwischen die Zähne und stocherte mit diesem spitzen Haken herum, dass mir die Tränen in die Augen schossen. Dabei war es weniger der Schmerz, sondern die Erinnerung an meine Schreibmaschine, die mich weinen machte, weil ich sie schrecklich vermisste. Glaube ich. Aber vielleicht brannte mir auch der unangenehm scharfe Mundgeruch der beiden Geklonten in den Augen. Das Letzte, an das ich mich erinnere, sind ein paar bildhafte Fetzen, das Aufheulen des Bohrers, und die Worte des Arztes: „Wenn es zwickt, dann geben Sie Laut und ich zähle bis drei..."

Man glaubt gar nicht, wozu der menschliche Körper in der Lage ist, welch übermächtige Kräfte in ihm stecken. Der Witwe des Zahnmediziners möchte ich auf diesem Weg noch einmal zu der gelungenen Trauerfeier gratulieren.

Fußball olé

Meine beste Freundin Inga ist und bleibt ein Phänomen für mich: Nicht nur, dass es in ihrer Wohnung permanent unordentlich ist, nein, sie bricht auch sonst aus dem femininen Schema heraus: Inga liebt Fußball und verpasst keinen Bundesligaspieltag am Fernseher, kennt sämtliche Spieler mit Vornamen, deren Körpermaße, Vorlieben und Hobbys, weiß, warum der Bundestrainer der falsche ist und kann jedem Mann die Abseitsregel erklären. vor allem so, dass er sie auch versteht. Selbst ich habe es mittlerweile verstanden und ich habe wirklich keine Ahnung vom Fußball. Generationen von Experten haben sich schon daran versucht, mir die Liebe zum Ballsport Nummer eins in Deutschland einzupflanzen – Inga hat es fast geschafft.

„Ich gehe am Freitag auf eine Party; kommst du mit?", fragte ich sie vor einiger Zeit, doch sie tippte sich nur an die Stirn: „Keine Chance, Freitag ist das Topspiel der Bundesliga im Stadion und ich habe schließlich eine Dauerkarte."

„Also ein Fußball-Abonnement", bemerkte ich messerscharf, doch Inga hat für solche Bemerkungen nichts übrig, bei Fußball versteht sie keinen Spaß. „Du hast einfach keine Ahnung", antwortete sie, „wenn du Dir das mal ansehen würdest, dann könntest du wenigstens mitreden."

„Kann ich doch: Es ist eine Sportart und viel anders als Minigolf kann es auch nicht sein." Inga schüttelte genervt den Kopf: „Du hast wirklich keinen blassen Schimmer von dem Sport. Ich mache Dir einen Vorschlag: Ich besorge noch eine Karte und du kommst mit."

„Aber ich wollte auf die Party..."

„Kannst du hinterher auch noch – sieh es Dir wenigstens mal an." Was hatte ich zu verlieren? Nichts, außer meinem guten Ruf, nichts vom Sport zu verstehen. Und ich sah mich schon auf der Party stolz von meinem ersten Fußballspiel berichten – das konnte ja heiter werden. Aber es war umsonst und Inga muss schließlich auch oft genug unter mir leiden, da konnte ich ihr diesen Gefallen nicht abschlagen.

„Himmel, was ist denn hier los", fragte ich besorgt, denn die Autobahn war zum Bersten voll. Überall flatterten Fahnen und Schals aus den Fenstern der Wagen – so musste es ausgesehen haben, als die Kreuzritter mit wehenden Bannern losgezogen waren, um ihren Glauben zu verbreiten. Tatsächlich drangen auch vereinzelt Schlachtgesänge an mein Ohr, mit so vielsagenden Textzeilen wie: „Olé, olé olé olé" oder „Nananana, nananana". Inga war in ihrem Element, winkte den anderen euphorisch zu, formte mit den Fingern das Siegeszeichen und bei einem Bus, dessen Insassen ganz andere Farben und Flaggen trugen, zeigte sie den ausgestreckten Mittelfinger. Ich saß mit hochrotem Kopf auf dem Beifahrersitz und schwieg vor mich hin. Wenn irgend jemand aus meinem Literaturkreis erführe, dass ich hier – nein, das wäre eine Katastrophe.

„Ist das nicht cool?", fragte Inga mich und ich nickte stumm. Es hatte jetzt keinen Sinn, mit Inga zu diskutieren und sie zu fragen, warum sie plötzlich so anders war. Sport verändert die Menschen wohl und ganz besonders Fußball.

Nachdem wir endlich einen Parkplatz gefunden hatten und mit all den Massen von anderen Fans in Richtung Stadion strömten, rief Inga mir zu: „Pass auf, gleich kommen die Eierbremsen."

„Bitte was?", fragte ich entgeistert und sah sie an. Ein verhängnisvoller Fehler, denn im nächsten Moment machte mein Unterleib Bekanntschaft mit einem rot-weißen Trennpfahl und ich knickte zusammen. „Ich hab' doch gesagt: Pass auf", meinte sie vorwurfsvoll und die Menschen hinter mir lachten hämisch. „Wohl neu hier, was?", fragte ein riesiger Kerl mit einer hohen Fistelstimme – wahrscheinlich war auch er schon dagegen gelaufen. „Mit Dir ist es immer peinlich", sagte Inga vorwurfsvoll und zog mich weiter. Ich dachte dieweil darüber nach, dass man als Zuschauer wahrscheinlich in besserer körperlicher Verfassung als die Spieler sein müsste, denn der Weg vom Auto bis zum Stadion nahm und nahm kein Ende. „Dauert es noch lange?", fragte ich vorsichtig, „Bis jetzt macht mir Fußball nämlich keinen Spaß."

Eine halbe Stunde später standen wir vor den Stadiontoren: Männer und Frauen vom Sicherheitsdienst suchten die Zuschauer nach irgendwelchen Dingen ab. „Nach Waffen", meinte Inga kurz und sah mich dabei nicht an. Ich glaube, sie bereute schon jetzt ihre Entscheidung, mich eingeladen zu haben. Und ich fragte mich, was man mit Waffen in einem Stadion vorhatte – es musste also doch etwas mit Krieg zu tun haben. Die Leute vom Sicherheitsdienst sind diskriminierend, das merkte ich sofort. Denn trotz meiner nachhaltigen Bitte, mich von der jungen blonden Frau durchsuchen zu lassen, packte mich ein großer Kerl mit kurzgeschorenen Haaren und klopfte hektisch an mir herum. „Krieg", dachte ich, „definitiv Krieg", aber ich sagte Inga nichts von meiner Befürchtung: Ich wollte sie nicht beunruhigen.

Fußball olé

„Ich freue mich schon darauf, dass ich mich gleich hinsetzen kann", sagte ich erleichtert zu ihr, als wir endlich im Stadion waren. Aber Inga schüttelte nur verständnislos den Kopf: „Wir haben natürlich Stehplätze, da ist mehr los – Sitzen ist für'n A..."

„Ja, danke", sagte ich, „hättest du mir ja vorher erzählen können."

„Warum? Ist das wichtig?" Nun, ich war schon ein wenig wackelig auf den Beinen, wollte meine körperliche Schwäche aber nicht eingestehen. „Da musst du durch", meinte sie achselzuckend, als sie meinen leidenden Blick sah.

Ich bekam doch ein wenig Angst, als ich sah, wohin wir gingen: Ein großer Fanblock, der voll war mit Fahnen, Schals und grölenden Kerlen und in dem es entsetzlich nach Bier und Erbrochenem stank. Aber ich mag mich auch täuschen: Vielleicht stank es nur nach Erbrochenem. Inga zerrte mich mitten hinein, so dass wir schließlich umringt waren von Menschen. Das hatte vor- und Nachteile: Zum einen konnte ich so nicht vor Entkräftung umfallen, zum andern konnte ich leider nicht mehr sehen, weil direkt vor mir jemand vehement seine Flagge schwenkte. Immerhin erkannte ich zwischendurch immer wieder den grünen Rasen und ein paar kleine Männchen, die einem Ball hinterherjagten.

Inga war vom Spiel restlos begeistert. Entweder konnte sie mehr sehen als ich, oder sie kannte das Spiel schon. Irgendwann brach dann großer Jubel aus, das ganze Stadion schrie „Tor!" und auch ich ließ mich von dieser Euphorie anstecken und lag mir mit Inga in den Armen. „Tor!", schrie sie mir noch mal ins Ohr, als es wieder ruhiger wurde. Und ich jubelte mit all meiner Fachkenntnis: „1:0 für Deutschland!" Diese Bundesliga ist schon klasse.

Onkel Kurt

Der Dezember ist immer schon ein Monat des Chaos gewesen: Man muss sich über Dinge freuen, von denen man schon lange weiß, dass man sie bekommt, weil die Geschenke im Kleiderschrank der Eltern leicht zu finden sind, man muss so tun, als wäre im Adventskalender noch leckere Schokolade, wenn man das 24. Türchen aufmacht, doch dabei ist schon seit dem 8. Dezember nichts Essbares mehr in dem Ding zu finden. Ich leere den Kalender oft schon am 1. Advent, damit ich im Dezember nicht so dick werde. Chaotisch ist es auch, weil einem am 23. um kurz vor Mitternacht einfällt, dass man noch nicht alle Geschenke beisammen hat. Nun kann man entweder am Heiligabend einkaufen gehen oder man hofft, dass der Weihnachtsmann kommt. Dass ich nicht an den Mann im roten Mantel glaube, hat einen ganz einfachen Grund: Es gibt ihn nicht, und das stellte ich schon mit fünf Jahren fest. Sehr zum Leid meiner Eltern, die mich in dieser Hinsicht immer geschickt getäuscht hatten, aber am 6. Dezember tappten sie statt des Nikolauses in meine Falle, rutschten auf den ausgestreuten Murmeln aus und zogen sich einige böse Prellungen zu. Der Nikolaus war also nicht existent, mit dem Weihnachtsmann konnte es nicht viel anders sein. Ein denkwürdiges Weihnachten, das da vor vielen Jahren ablief.

Für dieses Fest hatte ich mir fest vorgenommen, dem Mythos des Weihnachtsmannes intensiv auf den Grund zu gehen. „Wann kommt denn der Weihnachtsmann?", fragte ich meine Mutter am Heiligabend. Ich wollte ihr Wissen um den Geschenkebringer testen, denn mir kam das ganze Getue um den Weihnachtsmann sehr seltsam vor. „Um fünf Uhr", antwortete sie und lächelte mich an. Mich wunderte, wie sie so genau wusste, wann der Kerl bei uns auftauchen würde, schließlich musste er ja Millionen von Kindern beschenken, und wenn da mal eine Verzögerung auftrat, weil die Rute brach oder jemand das Gedicht nicht fehlerfrei aufsagen konnte, dann hätte es doch auch durchaus eine Viertelstunde später werden können. „Ganz sicher? Nicht eine Sekunde später? Er könnte erst zu unseren Nachbarn gehen und da etwas essen." Sie schüttelte den Kopf: „Nein, die haben doch keine Kinder." Logisch, darüber hatte ich noch gar nicht nachgedacht. Und vermutlich hatten meine Eltern einen genauen Termin mit dem Weihnachtsmann abgemacht, schließlich durfte das Essen im Backofen ja auch nicht anbrennen. So wie der Baum, dessen Kerzen ich im Jahr zuvor allein angezündet hatte, um ihn dann durch die Wohnung zu meinen Eltern ins Schlafzimmer zu schieben. Zum Glück war ich noch zu klein, um meinem Vater im Januar beim Tapezieren des Wohnzimmers zu helfen.

Ich musste ziemlich lange in meinem Zimmer warten, es wurde draußen schon dunkel, und ich malte mir aus, was geschehen würde, wenn der Weihnachtsmann käme. Ich überlegte mir ein paar Fragen, die ich stellen konnte, so eine Art Inquisition, die für Klarheit sorgte. Als mein Vater mich schließlich feierlich nach unten rief und mich ins Wohnzimmer führte, hatte ich die meisten Fragen wieder vergessen: Der Mann, der dort mit einem großen Jutesack, einem weißen, langen Bart und einer Brille, die seltsamerweise keine Gläser hatte, stand und lächelte, flößte mir für ein paar Sekunden Respekt ein. Aber nur für ein Paar Sekunden. „Die Brille hätte ich gerne", platzte ich heraus und mein Vater stupste mich an. „Hallo, du musst der kleine Sohnemann sein", sprach mich der Weihnachtsmann an. Klar war ich das, nach einer Tochter sah ich sicher nicht aus, und mit meinen fünf Jahren war ich auch noch nicht ganz so groß wie mein Vater. Das alles war sehr seltsam. „Warst du denn auch immer artig?"

Ich dachte daran, was meine Großmutter vor ein paar Wochen gesagt hatte: „Der Weihnachtsmann sieht alles." Ich grinste in den weißen Bart und sagte: „Ja, ich war immer ganz artig."

„Fein, dann habe ich ein paar Geschenke für Dich in meinem Sack."

Entweder war der Weihnachtsmann dumm und blind oder – was viel aufregender war – jemand anderes steckte in diesem Mantel. Der Mann wusste nichts von meinen Vergehen aus dem Sommer, als ich zum Beispiel einem alten Mann auf der Parkbank den Hut mit dem Fußball vom Kopf geschossen hatte. Eigentlich hatte ich ihm fast den Kopf von den Schultern geschossen, doch letztlich war nur der Hut zu Boden gefallen. Vielleicht war das dem Weihnachtsmann aber nicht wichtig. Auch die Frösche, die ich mit dem Strohhalm aufgeblasen hatte, zählten anscheinend nicht als Vergehen. Nein, nein: Hier stimmte etwas nicht. Ich blickte dem Mann in die Augen, der mich noch immer freundlich anlächelte, und plötzlich sah ich klar: „Das ist doch Onkel Kurt", sagte ich und ging einen Schritt nach vorn und zog heftig an dem gigantischen Bart.

Das Entsetzen, das sich nun breit machte, ist noch im Nachhinein faszinierend: Meine Eltern waren frustriert, dass ich die üble

Onkel Kurt

Propaganda, die Lügengeschichten um den Weihnachtsmann nicht glaubte, und meine Mutter bekam einen hysterischen Lachanfall. Der Mann, an dessen falschem Bart ich zog, war jedoch nicht mein geschätzter Onkel Kurt, sondern der Nachbar, was mich dazu veranlasste, vor Schreck den Bart wieder loszulassen. Dieser schnellte nun am Gummiband gezogen wieder in das Gesicht des Mannes, traf dort nicht das Kinn, sondern die Nase, woraufhin die Brille im hohen Bogen durch den Raum flog. Mein Vater riss mich geistesgegenwärtig zurück, während der Mann sich vor Schmerzen die Nase haltend, rückwärts in den Tannenbaum taumelte. Das erste, was Feuer fing, war der weiße Bommel an der Mütze. Ich konnte mich nicht entscheiden, ob ich dem flammenden Spektakel zusehen oder nach der Brille suchen wollte – beides erschien mir gleichermaßen spannend. Meine Mutter lachte noch immer hysterisch kreischend, und mein Vater, der fluchend in der Küche nach einem Wassereimer suchte, kam schließlich mit einer Blumenvase zurück, mit der er nach insgesamt fast zwanzig Füllungen den Baum und den Mann löschte. Ein denkwürdiges Weihnachten.

Seit diesem Fest spricht in meiner Familie niemand mehr vom Weihnachtsmann, und die Witwe von nebenan besucht meine Eltern immer am zweiten Feiertag.

Finanzprobleme

Die großen Kaufhäuser sind mir ein Gräuel, und das hängt mit meiner Kindheit zusammen. Es liegt nicht an dem Überangebot an Spielwaren, den ausladenden Süßwarenregalen oder den riesigen Ständern mit dicken Socken, die man als Kind ungern trägt, nein, es liegt an den durchsagen aus dem Lautsprecher. Und ich meine nicht die übliche „17 bitte zu Vier"-Ansage, es geht hier um ein wahres Trauma. Wenn ich im Kaufhaus bin, dann höre ich spätestens nach zwei Minuten folgendes: „Achtung, Achtung: Der kleine Michael sucht seine Mutter. Er ist..." Nun, ich heiße nicht Michael, auch als Kind war das nicht so, aber es erinnert mich an ein kleines Büro und vier Menschen, die auf mich einreden und mich nach meinem Namen fragten. Ich bin damals nur gerettet worden, weil meine Mutter nach mir suchte. Nicht etwa, weil man durch die Sprechanlage ausrief: „Ein kleiner Junge, der sagt, dass er Engelchen heißt, sucht seine Mutter." Heute werde ich nur noch selten gerettet.

Meine Orientierungslosigkeit ist hinlänglich bekannt und ich möchte das Thema nicht unnötig auswalzen. Tatsache ist, dass ich vor zwei Wochen im Kino war und dort die Toilette suchte. Trotz diverser grüner Hinweisschilder stand ich plötzlich unvermittelt im Freien. Zumindest war der Notausgang geöffnet. In eine Richtung. Denn zurück konnte ich nicht mehr. Das war etwas ärgerlich, da meine Kinokarte bereits entwertet war und meine beste Freundin Inga mit meiner Jacke und meinem Portemonnaie vor dem Eingang von Saal 1 auf mich wartete. Schließlich wollte ich nur kurz zur Toilette. Ärgerlich war auch, dass ich mich in der Seitenstraße, in der ich mich befand, gar nicht auskannte. Es war dunkel und feucht, so wie in den Filmen, wenn der Hauptdarsteller Ärger bekommt. Mit einem Fabeltier, einem hundert Jahre alten Mönch oder einem durchgedrehten Vietnam-Veteranen.

Es gibt aber in Deutschland keine Veteranen. Jedenfalls keine, die nachts mit einem Baseballschläger jungen Schriftstellern auflauern. Und wenn es Veteranen gäbe, dann wären sie durch den Staat hinreichend abgesichert, so dass sie nicht fremde Menschen nach Geld fragen müssten. Ich habe ohnehin kein Geld. Jedenfalls nicht, wenn Inga mein Portemonnaie hat. Danach erst recht nicht.

vor mir standen drei Männer mit adrettem Kurzhaarschnitt, ungefähr mein Alter, dunkler Kleidung und dunkler Gesinnung. Aber Letztgenanntes stellte sich erst später heraus. Im Dunkeln kann man nicht alles sehen. „Na Meister, verirrt?" fragte mich derjenige, der mir am nächsten stand. Ich rüttelte wieder an der Tür, durch die ich ins Freie gestolpert war. Aber verständlicherweise war sie nicht zu öffnen, denn kein Kinobesitzer hat es gern, wenn man das Gebäude durch den Notausgang betritt. Obwohl man so eine Menge Geld sparen kann. Ich rüttelte noch einmal. „Meister", sagte der Mann, „so kommste da nich wieder rein." Ich rüttelte energisch. „Aber wir sind nett und helfen Dir wieder zum Eingang." Rütteln, heftiges Rütteln. „Gegen ein geringes Entgelt." Der Türknauf war sicher nicht richtig befestigt gewesen, denn so stark bin ich nicht. Zumindest hatte das Rütteln nun ein Ende. Aber das machte mich nicht ruhiger.

Einer der drei schwenkte seinen Baseballschläger und wiederholte noch einmal die Forderung nach finanzieller Unterstützung. Ich mag Amerika nicht besonders, ohne dieses Land gäbe es auch weniger Kriminalität. Kein Mensch würde hierzulande auf die Idee kommen, mit seinem Fußballschuh auf mich loszugehen, mich mit Schachfiguren zu bewerfen oder das Spielbrett der „Siedler von Catan" auf meinen Kopf zu schlagen. Ohne Amerika gäbe es auch nicht diese neumodischen Rollschuhe, bei denen man denkt, man liefe Schlittschuh und den Unterschied erst dann merkt, wenn man sich mit dem Kopf in den Beton gräbt. Obwohl Eis auch nicht viel weicher ist.

Ich trat verlegen von einem Fuß auf den anderen und räusperte mich: Ich mochte nicht zugeben, dass ich zurzeit vollkommen mittellos war und suchte nach einer passablen Ausrede. „Ich bin Schriftsteller", stammelte ich, „und könnte Ihnen eine lustige Geschichte erzählen. Letzte Woche habe ich zum Beispiel mein ganzes Geld einem amerikanischen Baseball-Club gespendet und..." Der Typ mit dem Baseballschläger schlug krachend auf eine Mülltonne. „Hey", rief ich, „was kann die Tonne dafür?" Im nächsten Moment dämmerte es mir. Oder zumindest tat ich so: „Ach, ihr seid das." Die Drei starrten mich an. „Wir sind was?" fragte der Typ vor mir irritiert. „Na, die Mülleimer-Belästiger, die man in der ganzen Stadt sucht", antwortete ich entrüstet, „meinetwegen könnt ihr ja alte Menschen über die Straße schieben, aber lasst die Tonnen in Ruhe." Verständnislose Blicke. Aber ich wusste, dass ich Recht hatte.

„Ihr wart das auch mit den Briefkästen, nicht wahr?" fragte ich argwöhnisch und prüfte die Reaktion in den Gesichtern. Der dritte, der bislang noch kein Wort von sich gegeben hatte, blickte zu Boden. Wie gut, dass ich ein paar Semester Lehramt studiert hatte:

Finanzprobleme

„He, du da", sprach ich ihn an, „Du weißt, was ich meine, oder?" Der Angesprochene schüttelte den Kopf, doch ich war mir meiner Sache sicher. „Soso, ihr stellt euch also dumm. Na, ich kann warten und ich gehe hier erst weg, bis ich Klarheit habe." Einer der Typen versuchte, mir zu widersprechen, aber ich zischte ihn nieder: „Junger Mann, Typen wie euch kenne ich. Nachts lauft ihr durch die Straßen und macht einfach Sachen kaputt!" Jetzt scharrten alle drei mit den Füßen. „Aber wir waren es nicht. Nicht das mit den Briefkästen", quengelte der Mann vor mir. „Aber ihr wisst genau, wovon ich rede: Also keine Ausflüchte, so etwas macht man einfach nicht und durch Lügen wird es nicht besser. Was sagen denn eure Eltern dazu?"

Inga öffnete die Notausgangstür zu einem ungünstigen Zeitpunkt, denn die drei waren gerade dabei, 80 Mark zusammenzukratzen, damit ich sie in Ruhe ließ. Dabei hätte ich das Geld gut gebrauchen können.

Entscheidungsprobleme

Wenn ich Essen gehe, dann will ich keine Bratkartoffeln, auch keine Schweinshaxe oder Spiegeleier, es soll schon etwas exotischer sein, aber es gibt wenig Dinge, die ich so sehr verabscheue wie die Vielfalt einer ausländischen Speisekarte. Wie soll sich ein normaler Mensch entscheiden, wenn es überall mehr als zehn Gerichte gibt? Zweistellige Zahlen sind einfach nicht mein Fall und bei den dreistelligen setzt sich mein Kopf beharrlich zur Wehr. Gut, im Normalfall bestelle ich immer die „Pizza Spinaci", aber beim Griechen habe ich damit wenig Erfolg. Dort ist die Speisekarte auch nicht angenehmer, denn ich kenne weder die „Artemis-Platte" noch den „Helena-Teller" und ich esse nicht, was ich nicht kenne. „Gyros" hingegen ist mir bekannt, aber es schmeckt mir nicht. Am Ende lasse ich mir immer alles einpacken und nehme es für meinen Hund mit nach Hause. Ich habe gar keinen Hund, aber schließlich habe ich bezahlt und lasse nichts umkommen. Dabei gehe ich eigentlich gern zum Griechen, besonders wegen der schönen Bedienung, die mich immer missachtet. Aber das ist nur ein Trick, glaube ich. Wirklich schlimm ist es jedoch bei dem chinesischen Restaurant um die Ecke, denn die haben keine Übersetzungen zu den Speisen auf der Karte: „Hung Gua Lo", „Lu Fu May" oder „Nii Tram Sum" sind für mich böhmische Dörfer. Obwohl diese nun wieder ganz anders heißen, aber sie sind auf keiner Speisekarte zu finden. Schade, da wüsste ich, woran ich wäre, und könnte mich vielleicht endlich entscheiden.

vor ein paar Tagen glaubte ich, die Zeit des Haderns sei vorbei, denn ich entdeckte zufällig ein amerikanisches Fast-Food Restaurant und war sehr angetan von der Übersichtlichkeit der Speisekarte. Es versprach – wie die Bezeichnung „Fast-Food" schon sagt – ein schneller Schmaus zu werden. Gut, man musste sich selbst bedienen, aber das ist beim Griechen nicht viel anders, denn die vergessen immer, den Ketchup dazu zu stellen, und ich muss ihn mir aus der Küche holen. Bei dem Amerikaner gab es für jedes Gericht ein Bild, welches das betreffende Sandwich in seiner vollen Pracht zeigte, was wiederum beim Chinesen nicht viel nützt, denn da sieht ja ohnehin alles gleich aus, und Brot haben die da auch gar nicht. Bei diesem Fast-Food Restaurant war aber eben alles anders: Man konnte sich sein Menü entweder selbst zusammenstellen oder aus einem von neun vorhandenen wählen. Neun ist bekanntlich einer weniger als zehn, und da würde mir die Entscheidung nicht so schwer fallen. Glaubte ich.

Entscheidungsprobleme

Nachdem ich eine halbe Stunde lang mit dem Kopf im Nacken vor dem Verkaufstresen gestanden hatte, weil die Speisekarte hoch oben über allem an der Wand hing, war ich mir sicher, was ich essen wollte: Das „Menü 5" sah vielversprechend aus, zudem ist Fünf meine Glückszahl. Ich renkte also meine knackenden Halswirbel wieder ein und meldete mich zaghaft zu Wort. „Kommen Sie bitte an diese Kasse", sagte die etwas dickliche Frau hinter dem Tresen lächelnd zu mir. Rundliche Frauen in Restaurants sind immer ein gutes Zeichen für kulinarische Qualität. Glaube ich.

„Ich hätte gern das Menü fünf", sagte ich und zeigte zur Bekräftigung nach oben auf die Speisekarte. Sie nickte und tippte auf der piependen Kasse herum: „Mit welchem Getränk?" Damit hatte ich nun gar nicht gerechnet: „Was haben Sie denn so?", fragte ich, und sie warf die Stirn in Falten, sah zur Decke und zählte die zur Verfügung stehenden Flüssigkeiten auf. „'Tschuldigung", fragte ich höflich, „könnten Sie das noch einmal wiederholen?"

„Klar", lächelte sie.

Wieder folgte ein Stakkato von Getränken und ich hörte bei siebzehn auf zu zählen. „Haben Sie auch Bitter Lemon?" Sie sah mich überrascht an und schüttelte den Kopf. „Gut, dann hätte ich gerne das Günstigste."

„Der Preis bleibt immer gleich", schnurrte sie herunter, „das ist Teil unseres Systems."

Aha. Ich habe kein System, jedenfalls nicht beim Bestellen. „Dann nehme ich eine Cola."

„Mit Eis oder ohne?" Ich wollte erst antworten „Gerührt, nicht geschüttelt", aber stattdessen brachte ich nur ein Nicken zustande, und mein Magen knurrte halblaut vor sich hin. „Also mit Eis", meinte sie und tippte auf der Kasse herum. Im Grunde genommen ging es ja schnell und unbürokratisch vonstatten, und bei dem Griechen fragen sie auch immer, welche Beilagen ich haben will. Meistens nehme ich Reis. Oder Brokkoli. Manchmal auch Bohnen. Oder Kartoffeln, aber die haben sie nicht, also weiche ich dann auf Reis aus. Oder Blumenkohl. Bei dem Chinesen gibt es keine Beilagen. Glaube ich. Oder sie heißen „Ju Fan Ben", aber ich kann kein Chinesisch.

Doch die Dame an der Kasse war noch lange nicht fertig, das musste ich bereits vier Sekunden später feststellen: „Ketchup oder Majo?"

„Zur Cola?", fragte ich entsetzt

Sie sah mich irritiert an: „Nein, zu den Pommes."

„Ach so, dann", atmete ich auf, „dann hätte ich gerne gar nichts von beiden, nur ein wenig mehr Salz."

„Na, etwas müssen Sie nehmen, ich muss es ja in die Kasse eintippen."

„Tippen Sie doch „Egal" ein", erklärte ich genervt, und als ich die Tränen in ihren Augen bemerkte, meinte ich jovial: „Gut, Ketchup. Oder ist die Majo mit Kräutern?"

„Nein."

„Okay, Ketchup." Wieder piepte es, während sie auf ihrer Kassentastatur herumtippte. Das Tablett vor mir hatte sich mittlerweile mit duftenden Speisen und Getränken gefüllt, und mir lief das Wasser im Mund zusammen. Lange konnte es nicht mehr dauern, dann würde ich das Menü Nummer Fünf in den Händen halten, das übrigens wie eine Mischung aus „Gyros" und „Hung Gua Lo" roch. Glaube ich.

„Haben Sie sonst noch einen Wunsch?" Nun, um ehrlich zu sein, hatte ich ein starkes Interesse an einer Rückenmassage, war mir aber nicht sicher, ob die pummelige Dame hinter dem Tresen eine entsprechende Ausbildung absolviert hatte. Ich schüttelte also den Kopf und harrte der Dinge, die nun auf mich zukommen würden. „Zahlen Sie bar oder mit Karte?", fragte sie und ich antwortete mit einer Gegenfrage: „Visa oder Master?"

„Nee, nur mit der Kundenkarte."

„Dollar oder Rupien?", bohrte ich weiter, „Dinar oder britische Pfund? Drachmen oder chinesische Hunde? Oder nehmen Sie noch Ostmark? Münzen oder Scheine?" Diese dumme Pute hinter dem Tresen konnte sich nicht entscheiden, und schließlich verließ ich das Lokal, ohne etwas gegessen zu haben: Beim Griechen zahle ich mit einem Sirtaki und der Chinese will für sein Zeug ohnehin kein Geld.

Chemie

Ich lebe sehr umweltbewusst, achte darauf, dass ich keine Bäume entwurzele oder Elefanten töte. Ich gehe sogar so weit, dass ich im Sommer den Kühlschrank offenlasse, um dem Treibhauseffekt entgegenzuwirken, und im Frühling kümmere ich mich mit meinem Fön und der Heizdecke um die kränkelnden Krokusse. Natürlich ernähre ich mich gesund, wobei ich aber auch die Vorzüge der Chemie durchaus zu schätzen weiß: Die wunderbaren englischen Weingummis sind nahezu die einzigen Süßigkeiten, für die keine Erdbeeren sterben müssen, sondern werden ausschließlich mit erfrischenden E-Stoffen hergestellt. Damit schone ich die Umwelt wesentlich mehr, als mancher Müsli essende Körnerfreund, für den Hunderte von Nüssen ihr Leben lassen. Nein, die Chemie hat ihre Vorzüge, gerade wenn man auf die Umwelt achtet. Ich vermeide es natürlich auch, Strom zu vergeuden, indem ich mir statt aufwändiger Kochabende lieber eine Tütensuppe mache. Sehr zu empfehlen ist die Tomatencremesuppe, die aufgrund ihrer chemischen Konsistenz auch als Scheuermittel verwendet werden kann.

Eine weitere Sache, die für mein Umweltbewusstsein von Bedeutung ist, ist mein Auto. Ich habe mir seit einigen Jahren kein neues Fahrzeug gekauft, weil ich die luftverschmutzende Industrie nicht unterstützen will. Ich wasche den Wagen auch nicht, weil die Tenside in den Waschstraßen in der Regel nicht biologisch abbaubar sind. Meine beste Freundin Inga behauptet hingegen, dass die Pilzkulturen auf meiner Kühlerhaube weitaus bedenklicher seien als jedes Industrieabwasser und dass mein Auspuff mehr Abgase in die Luft schleudert als jeder Fabrikschornstein – doch das ist vermutlich Unsinn. Inga war es auch, die meinen Wagen als fahrenden Altpapiercontainer bezeichnete, und das wiederum ist ein Kompliment. Glaube ich.

Inga glitt mit gerümpfter Nase vorsichtig auf den Beifahrersitz, den ich zuvor hektisch von einigen Papierfetzen, Batterien, einem alten Pullover, den ich schon als gestohlen gemeldet hatte und nun wiederfand, meiner Kamera, einer leeren Cola Dose sowie einer halbvollen Packung Lakritz befreite. Die schwarzen Leckereien in der Tüte waren mittlerweile ein wenig klebrig geworden, weil mein Schwimmzeug im Kofferraum seit ein paar Wochen für eine gesunde Feuchtigkeit sorgte, und ich wollte sie momentan nicht verköstigen. „Wenn du mich das nächste Mal mit dieser Karre abholst, dann steige ich nicht ein", sagte sie energisch.

„Warum?", fragte ich ahnungslos, „was ist denn an dem Wagen so schlimm?"

„Es ist eine Katastrophe: Man infiziert sich ja schon beim Berühren des Türgriffes."

Ich betrachtete nachdenklich den Ausschlag an ihrer rechten Hand: „Vielleicht bist du ja gegen irgend etwas allergisch? Damit ist nicht zu spaßen..."

„Quatsch! Ich hatte noch nie Allergien. Bevor wir irgendwo hinfahren, geht dieser Wagen in die Waschanlage. Keine Sorge, ich bezahle." Natürlich musste Inga bezahlen, denn mein Portemonnaie lag sicher zu Hause auf meinem Schreibtisch. Unter der Heizdecke. Und ein paar Zetteln, glaube ich.

Zwei Fahrzeuge standen vor der Waschhalle und warteten, ein guter Moment, um das Unheil vielleicht noch abzuwenden: „Wir können doch ein anderes Mal wieder kommen", sagte ich, doch Inga ließ sich nicht beirren: „Entweder du fährst mit einem schmutzigen Auto allein durch die Gegend oder in einem sauberem mit mir!" Die Entscheidung fiel mir nicht schwer, denn schließlich hatte ich Inga extra für diese heiteren Geschichten erfunden und ich konnte sie nicht wegen eines schmutzigen Wagens sitzenlassen. Den Bundeskanzler hätte ich unter diesen Voraussetzungen jedenfalls weder gewählt noch mitgenommen.

„Gut, einverstanden. Aber ich kann doch im Wagen sitzenbleiben?"

„Nachdem du die Antenne abgenommen und die Spiegel eingeklappt hast – sicher." Ich bin ein Mann des Wortes, nicht der Tat, und ich benötigte eine gute Viertelstunde, die fast sechzig Minuten dauerte, den Mechanismus des Spiegel-Einklappens zu ergründen. Zusätzlich motivierte mich dabei die Menge von Mechanikern aus der benachbarten Werkstatt, die mir bei jedem Fehlversuch zujubelte: „Einer geht noch!" Doch das eigentliche Problem war die Dachantenne, die von einer seltsamen, grünlich schimmernden Masse überzogen war. Ich dachte an den Ausschlag an Ingas Hand und den Biss einer Wolfsspinne, der binnen weniger Minuten tödlich endet, und versuchte vorsichtig, diese widerlich schleimige Masse, die die Antenne komplett überzog, abzukratzen. Aber ich fürchtete, dabei eher selbst abzukratzen, als dieses Zeug entfernen zu können, da sich das grüne Gelee scheinbar immer wieder erneuerte und mir nicht ganz ungefährlich erschien.

„Was tust du da?", fragte mich Inga, doch als sie sah, womit ich mich beschäftigte, entfuhr ihr nur ein langgezogenes Kreischen.

Nun sind hysterisch kreischende Frauen in der Regel das zuverlässigste Alarmsignal der Menschheit, und die Wirkung dieses Schreis war selbst für Inga verblüffend: Um uns herum entstand ungeordnete Panik, Männer warfen sich an Ort und Stelle zu Boden, der Tankwart verriegelte hektisch alle Türen und hängte das Schild „Vorübergehend geschlossen" von innen an die Glastür, eine Frau trommelte mit den Fäusten an die Scheibe der Beifahrertür, weil ihr Mann sich per zentraler Türverriegelung im Innern des Wagens verbarrikadiert hatte. Blitzartig wurde die Straße gesperrt und vierzehn Journalisten, die Armee, zwei Leichenwagen, ein Bombenentschärfungskommando und die Feuerwehr rückten in genau dieser Reihenfolge an. Ein halbe Stunde später meldete sich dann auch das Martinshorn der Polizei.

Doch bevor sich jemand an der grünen Substanz an meiner Antenne vergreifen konnte, kam mir der rettende Gedanke. Ich stippte mit dem Finger in das Gelee und probierte: Zugegeben, es war nicht mehr ganz frisch, aber diese Brokkoli-Creme eignet sich eben auch als Scheibenreiniger. Oder war es umgekehrt?

Navigationsprobleme

Ich finde mich nirgendwo zurecht: Ich wurde unlängst von einer freundlichen Toilettenfrau wieder ins Freie geleitet, weil ich in der Kabine die Tür nicht mehr finden konnte. Nun wird jeder sagen, dass man Türen immer leicht am Türgriff erkennen kann, aber solche Kleinigkeiten bemerke ich gar nicht. Größere Dinge sehe ich auch nicht: Kürzlich suchte ich einen Bahnhof, und nachdem meine Augen schon schmerzten, weil sie nicht mehr suchen mochten, fragte ich einen Passanten, der mir dann freundlicherweise den Weg erklärte: „Sie müssen sich nur umdrehen, es ist dieses große Gebäude, in das die Eisenbahn rein- und rausfährt." Danke, letzteres war mir bekannt, aber für mich sieht alles gleich aus: Bahnhöfe, Häuser, Bäume und Autos.

Immerhin besitze ich seit ein paar Wochen den Führerschein, aber ich hole mir immer einen Beifahrer, wenn ich mich auf den Weg nach Irgendwo mache, damit ich mich voll auf die Straße konzentrieren kann, während der Beifahrer sich um das Lesen der Karte kümmert. Leider hilft der versierteste Kartenleser nicht, wenn man nicht zuhören kann.

Meine beste Freundin Inga ist wirklich eine große Hilfe, denn sie hat immer Zeit und hat auch überhaupt keine Angst neben mir auf dem Beifahrersitz Platz zu nehmen. Dass sie mich jedesmal fragt, ob nicht vielleicht lieber sie fahren soll, ist eine Floskel, die sich zwischen uns in der kurzen Zeit so eingebürgert hat und keine Bedeutung hat, glaube ich. Meine Antwort steht ohnehin fest: „Du achtest auf die Karte und sagst mir, wo ich lang fahren soll." Und Inga tut auch immer das, was ich ihr sage. Zumindest, wenn sie neben mir im Auto sitzt.

„Wo müssen wir denn eigentlich hin?" fragte sie, als wir uns auf der Autobahn kurz vor Hamburg befanden. Ich schreibe in der Regel alles auf Zettel, die ich auch irgendwo aufbewahre, und auch in diesem Fall hatte ich mir die Adresse notiert, keine Frage: „Sieh doch mal in meinem Rucksack nach", sagte ich, ohne den Blick von der Straße zu nehmen, „da muss ein kleiner Zettel mit einer Adresse drin sein."

„In Deinem Rucksack sind Hunderte von kleinen Zetteln mit Adressen"

Inga hat eigentlich immer Recht, aber diesmal war ich besser vorbereitet: „Dieser ist gelb und ich habe mit einem roten Filzstift darauf geschrieben", erklärte ich selbstbewusst.

Navigationsprobleme

Wer Hamburg kennt, weiß, dass man auf den Elbbrücken nicht parken darf. In diesem Fall war es jedoch wichtig, weil Inga den gelben Zettel suchen musste und wir sonst nicht weiterfahren konnten. Eine halbe Stunde später hielt sie den Zettel in der Hand und jubelte, verstummte aber nach ein paar Sekunden wieder: „Schön, aber die Adresse ist in Hannover."

„Oh, ist das weit weg?", fragte ich, denn ich fand nicht, dass es einen großen Unterschied machte: Auf der Deutschlandkarte lagen die beiden Städte höchsten sieben Zentimeter auseinander.

„Ja", antwortete sie leicht genervt, „wir müssen ungefähr 150 Kilometer in die andere Richtung fahren." Gut, es war keine Eile geboten, denn ich wollte bei der Adresse nur ein paar Manuskripte abgeben, und Ingas Arzt hatte sicher Verständnis, wenn sie heute Nachmittag nicht zu dem Termin erschiene.

„Also muss ich jetzt nur drehen?" Inga wurde kreidebleich, als ich auf der dreispurigen Straße das Lenkrad einschlug: „Nein! Erst dahinten, wir müssen auf die andere Seite", rief sie und raufte sich die Haare. „Sorry", murmelte ich, „aber das konnte ich nicht wissen."

Der Weg von Hamburg nach Hannover verlief relativ reibungslos. Kurz hinter der Abfahrt Mellendorf musste sich Inga übergeben, aber das lag sicher an dem Sportwagen, der die ganze Zeit hupend hinter mir herfuhr. Ich kann ja beim besten Willen nicht begreifen, warum es manche Menschen so eilig haben: Mit einem gesunden Tempo von 110 Kilometern pro Stunde kommt man sicher und bequem überall an.

„An der nächsten Abfahrt müssen wir raus", erklärte Inga. Ich nickte nur und konzentrierte mich auf die Straße: Autobahnen sind wirklich anstrengend, besonders dann, wenn rechts so viele Lastwagen unterwegs sind und mit einem Höllentempo an einem vorbeiziehen. Inga stöhnte und ich sah zu ihr herüber: „Ist alles in Ordnung?", fragte ich besorgt, doch Inga kreischte im selben Moment: „Guck nach vorne!" Gut, ich gebe zu, dass ich der Leitplanke ein wenig näher gekommen war, aber das war kein Grund, mich so anzuschreien.

„Mensch, ich mache mir doch nur Sorgen", schmollte ich und wackelte mit dem Kopf. Sollte sie doch sehen, wo sie sich das nächste Mal übergab. Ich würde jedenfalls nicht wieder anhalten.

„Schade", murmelte sie verzweifelt, „hier hätten wir rausgemusst", und sie drehte den Kopf, um der Abfahrt hinterherzusehen.

„Warum hast du denn nicht rechtzeitig Bescheid gesagt", fragte ich sie vorwurfsvoll, „jetzt wird doch alles sicher nur noch komplizierter."

Navigationsprobleme

„Ach, geht das noch?", hörte ich sie resigniert fragen. Sie studierte die Karte aufmerksam und rief dann quer durch den Wagen: „Die nächste, die nächste Abfahrt müssen wir runter. Hast du mich verstanden?"

„Klar", antwortete ich, „bin ja nicht taub. Müssen wir denn rechts oder links ab?" Inga sackte ein wenig zusammen und ich war froh, dass sie angeschnallt war und nicht mit dem Kopf auf das Handschuhfach fiel. „Soll ich fahren?", fragte sie leise, doch ich war mir meiner Sache wie immer sehr sicher: „Sieh' du nur auf die Karte, ich übernehme..."

„Alles klar, alles klar..." Ingas Stimme klang längst nicht mehr so entspannt, wie es noch bei Fahrtantritt der Fall war. Warum auch immer.

Die Woche im Auto verging wie im Flug und wir erreichten Hannover im Morgengrauen des siebten Tages: Nach nur vier Stunden zwangloser, unfreiwilliger Besichtigung der Innenstadt standen wir vor dem Geschäftshaus in der Bödekerstraße, dort, wo ich meine Manuskripte abgeben wollte, dort, wo ich schon vor einer Woche hätte sein müssen. „Ich bin gleich wieder da", sagte ich und machte mich mit den Manuskripten unter dem Arm aus dem Staub.

Ein freundliche Polizeistreife brachte mich zwei Tage später zu meinem Wagen zurück, nachdem ich vergeblich versucht hatte, meine Manuskripte in der medizinischen Hochschule zu verteilen. Diese Geschäftshäuser sehen wirklich alle gleich aus.

Hinterher ist man immer schlauer

Mir passieren immer sehr seltsame Dinge. Ich kann im Grunde nichts dafür, ich bin vermutlich nur das Opfer höherer Gewalt. Vorgestern habe ich mir beim Rasieren das halbe Ohr abgetrennt. Nicht absichtlich, ich bin Schriftsteller und kein Maler. Ich bin einfach nur mit der Klinge abgerutscht. Während ich nieste. Dass ich mir dabei auch noch den Kopf an der Toilettenschüssel gestoßen habe, war ein unangenehmer Nebeneffekt, der mit dem Vorgang des Rasierens nicht viel zu tun hatte. Aber das führt nun wirklich zu weit. Fakt ist, dass mir Dinge passieren, von denen andere immer behaupten, ich würde sie mir ausdenken. Die Frage ist nur, ob vorher oder nachher. Zum Beispiel habe ich schon während des Rasierens, nein, während des Niesens gedacht: „Pass auf, gleich ist das Ohr weg." Wahrscheinlich bin selbst Schuld. So wie bei der Sache mit dem Getränkeautomaten.

Im Grunde genommen sind solche Automaten ja ein Segen der Technik: Man muss sich nicht mit einer dummen Bedienung herumärgern, die die Bestellung vergisst, dann die Hälfte des Getränks vergießt, während sie das Glas auf den Tisch stellt, und schließlich einem dadurch den ganzen Abend vermiest. Nein, da sind diese Automaten doch bei weitem angenehmer, denn sie sind zuverlässig, verschütten nichts und verlangen auch kein Trinkgeld. Wenn sie funktionieren. Das Exemplar, mit dem ich es zu tun hatte, war schon mit vier Fünfern, zwei Zweiern und elf Fünfzigpfennigmünzen gefüttert worden. Ein beachtliches Trinkgeld – leider hatte ich noch nichts zu trinken. Grund genug, dem Apparat mit einem wuchtigen Tritt auf die Sprünge zu helfen.

Fehler erkennt man oft erst, nachdem man sie gemacht hat. Wüsste man es vorher, dann bliebe man nicht mit dem Fuß im Ausgabeschacht des Getränkeautomaten stecken und gäbe dabei eine ziemlich blöde Figur ab. Noch während ich ausholte, dachte ich daran, dass mein Fuß dort stecken bleiben könnte. Gut, hinterher ist man immer schlauer.

Da der Automat nicht in meinem Wohnzimmer stand, sondern in einer Wartehalle, versuchte ich, mehr oder minder unauffällig, meinen Schuh, in dem noch mein Fuß steckte, aus dem Schacht zu ziehen. Das war nicht ganz einfach, weil ich mich während des Tritts gegen die Maschine ein wenig gedreht hatte und nun in einer leicht rückwärtigen Position stand. In meinem Knie knackte es, mein Knöchel gab ebenfalls seltsame Laute von sich, und ich machte mir darüber Gedanken, wie ich meinem Arzt diese Verletzungen erklären könnte.

„Sind Sie von der „Versteckten Kamera"?" sprach mich ein älterer Herr an und fing an zu lachen, als ich beim Versuch mich nach ihm umzudrehen, mit dem Gesicht zuerst auf den Boden prallte. Dabei blieben Schuh und Fuß noch immer im Schacht. Von dort unten röchelte ich: „Nein, denn dann steckten Sie mit dem Fuß im Automaten und ich würde lachen." Und der Alte kicherte weiter: „Nee nee, damit kriegen Sie mich nicht, ich war schon mal im Fernsehen." Ich merkte mir das Gesicht und schwor mir, ihn in meine Liste aufzunehmen. Auf dieser Liste sind alle Menschen vermerkt, denen ich nicht ein zweites Mal begegnen möchte. Schon gar nicht, wenn ich mit einem Fuß im Getränkeautomaten stecke. Jeder vernünftige Mensch würde sagen: „Zieh doch einfach den Fuß aus dem Schuh", aber eben das ging nicht. So wie im vergangenen Jahr, als ich fast im Nichtschwimmerbecken ertrunken wäre und mir der Bademeister fortwährend von draußen zurief: „Das Wasser ist nicht tief, Sie können dort stehen – los, kommen sie hoch." Sehr komisch. Wie soll man aufstehen, wenn sich die Badehose im Abflussgulli verheddert hat. Und als ich tauchte, dachte ich noch: „Pass mit der langen Badehose auf." Aber hinterher ist man immer schlauer.

Nun, in diesem Fall war ich nicht beim Ertrinken, aber die Sehnen und Knochen in meinem rechten Bein gaben langsam den Widerstand auf. Ganz im Gegensatz zum Getränkeautomaten, der für Neunundzwanzigmarkundfünfzig abwechselnd in allen erdenklichen Farben Flüssigkeit auf meinen Schuh goss. Die Plastikbecher konnten nicht raus, weil der Schacht ja verstopft war, sonst hätte ich zumindest eine Menge zu trinken gehabt. So klebte aber die zuckerhaltige Pampe meinen Schuh noch fester in den Schacht. Ich hätte nur ein Zweimarkstück einwerfen und mich dann bei der Aufsicht über den defekten Automaten beschweren sollen. Dabei ist mir etwas Ähnliches schon einmal als Kind mit dem Schulbus passiert, der die Tür zu früh zumachte und sich nur meine Lippen im Businneren, ich selbst mich aber noch draußen befand. Ärgerlich auch deswegen, weil der Busfahrer vor Lachen einen falschen Knopf drückte, die Hydraulik ausschaltete, und ich eine geschlagene halbe Stunde warten musste, bis wieder ausreichend Druck für das Öffnen der Tür zur Verfügung stand. Vielleicht war das mit der Hydraulik auch nur eine Erfindung des Busfahrers, in jedem Fall hatte ich es schon geahnt, als ich in den Bus steigen wollte. „Warte lieber noch, da passt du eh nicht mehr rein", hatte ich noch gedacht. Ich ahne so etwas eben.

Mein Fuß war mittlerweile angeschwollen, so dass ich, selbst wenn ich gewollt hätte, nicht mehr aus dem Schacht, geschweige denn aus dem Schuh hätte rutschen können. Um mich herum standen Männer und Frauen, die unter Anleitung des alten Mannes nach der versteckten Kamera suchten. Meine Liste wuchs und wuchs, doch endlich keimte Hoffnung auf: Von irgendwo her hörte ich – wie in einem Traum – die Stimme meiner besten Freundin Inga. Ich träume oft von ihr, aber das sage ich ihr nicht. Tatsächlich stand sie plötzlich vor mir, begrüßte mich überschwänglich, erzählte mir von ihrem Urlaub und ging dann weiter. Wenn ich von ihr träume, dann steht sie meistens hinter einem Duschvorhang, und ich habe ein Messer in der Hand.

Die Feuerwehr hat mich schließlich herausgeschnitten, weil der Betreiber des Automates sich über die schlechten Umsätze wunderte. Ich habe mein Vertrauen in die Technik verloren und gehe wieder in Restaurants, bin seit ein vier Monaten mit einer Kellnerin verheiratet, die im sechsten Monat schwanger ist. „Pass auf", habe ich noch gedacht, als ich sie kennenlernte.

Ordnung ist so wichtig

Es gibt Menschen, die lieben die Ordnung, und auch ich finde sie wunderbar: Man findet alles binnen weniger Sekunden, kann in der Wohnung umher laufen, ohne über Gegenstände zu stolpern, und wenn einmal unverhofft Besuch vor der Tür steht, so muss man die Gäste nicht eine Viertelstunde im Regen stehen lassen, während man noch schnell ein wenig aufräumt. Wirklich, Ordnung ist klasse, es ist nur schade, dass sie bei mir nicht funktioniert. vor zwei Jahren hat sich meine Katze endgültig von mir verabschiedet, ich glaube, es war ihr zu unordentlich. Vielleicht liegt sie auch unter dem rechten Papierhaufen auf meinem Schreibtisch.

Im Grunde genommen finde ich ja alles wieder, manchmal dauert es nur ein wenig länger. So war ich vor ein paar Tagen hoch erfreut, als ich unter meiner Treppe endlich den Garantieschein für mein schnurloses Telephon fand. Immerhin. Da ich aber das Gerät nicht mehr auffinden kann, weil es nicht mehr klingelt, war mir das egal. Doch man weiß ja nie, wozu man so einen Zettel noch brauchen kann, und so legte ich den Schein irgendwo hin, wo ich ihn garantiert wiederfinden würde. In solchen Fällen bin ich sehr erfinderisch. Während ich noch über einen guten Platz nachdachte, fiel mir ein, dass ich unbedingt ein paar Dinge einkaufen wollte. Ich konnte mich nicht mehr genau daran erinnern, was es war, aber ich wusste, dass ich gestern alles auf einen Zettel geschrieben hatte, der irgendwo liegen musste. Irgendwo. Zumindest konnte ich den Bereich auf meine Wohnung eingrenzen.

Auf meinem Schreibtisch einen Zettel zu finden ist nahezu unmöglich, da ich dort alle Zettel ablege. Alle Zettel, die wichtig sind, lege ich nach links und die, die unwichtig sind, lege ich nach rechts. Manchmal mache ich das auch umgekehrt, das hängt ganz von meiner Stimmung ab. Aber am liebsten ist mir die erste Variante. Doch ich lege Zettel, Rechnungen, Quittungen und Belege nicht nur auf dem Schreibtisch ab. Das geht schon deshalb nicht, weil mein Schreibtisch sich weigert, weiteres Papier aufzunehmen: Es fällt einfach herunter. Und wenn erst etwas auf dem Boden liegt, nun, dort ist es sicher aufgehoben, denn tiefer kann es nicht fallen. Allerdings ist es etwas unangenehm, wenn auf wichtigen Dokumenten Schuh- oder Stiefelabdrücke zu finden sind. Das Finanzamt versteht in dieser Hinsicht keinen Spaß und ich verschleiße im Jahr mindestens drei Formulare. Irgendjemand muss sich ja auch um das Füllen der Altpapiercontainer kümmern.

Ordnung ist so wichtig

Jeder normale Mensch läuft vermutlich barfuß herum, aber das geht leider nicht mehr, da mir letzte Woche eine Weinflasche auf dem Boden zerbrochen ist. Mal abgesehen von dem hübschen Muster, das jetzt dort zu sehen ist – ich finde, es sieht ein bisschen so aus wie ein Elefant, der eine Weinflasche im Rüssel hat – liegen auch entsetzlich viele Glassplitter herum. Ich kann sie nicht alle aufsammeln, weil viele ganz einfach zu klein sind. Natürlich, es gibt Staubsauger, aber ich habe keine Filtertüten mehr und wollte deswegen noch einkaufen – Moment, das muss ich mir aufschreiben.

So, wo war ich? Ach ja, beim Suchen des Einkaufszettels. Während ich gestern noch überlegte, ob ich mich durch die beiden Papierhaufen wühlen sollte, klingelte das Telephon. Das war aus dem Grund ärgerlich, weil der eine Apparat unter dem linken Haufen lag und ich den Hörer nicht abnehmen konnte, ohne Unordnung zu verursachen. Deswegen hatte ich mir ja das schnurlose Telephon angeschafft, aber das war und ist ja defekt und der Garantieschein liegt jetzt auf der kleinen Kommode bei der Treppe. Glaube ich. Aber das ist auch nicht so wichtig. Ich entschied mich, den linken Papierhaufen vom Schreibtisch auf den Boden zu befördern, um an das Telephon kommen. Im Grunde genommen eine gute Idee, doch irgendwo in diesem Haufen befand sich eine halbvolle Kaffeetasse, die ich nicht in die überfüllte Spüle stellen wollte – wenn erst einmal etwas in der Küche ist, dann finde ich es ohnehin nicht wieder. Abwaschen ist etwas für meine Putzfrau, leider habe ich keine.

Gut, die meisten Zettel waren mittlerweile mit einer dunklen, braunen Soße überzogen, was sie unleserlich machte. Wenn der Einkaufszettel im linken Haufen gewesen war, dann brauchte ich nicht weiter zu suchen. Das Telephon hatte mittlerweile auch wieder aufgehört zu klingeln – die meisten Dinge erledigen sich von selbst, meine Wohnung hingegen räumt sich leider nicht von allein auf.

Langsam machte ich mich daran, die heruntergefallenen Zettel wieder aufzuheben und neu zu sortieren: Die Zettel, die mit Kaffee übergossen waren, legte ich nach links, die anderen nach rechts, so dass ich schon bald wieder meine beiden Haufen auf dem Schreibtisch hatte. Wie gesagt: Ich finde Ordnung wirklich klasse.

Der linke Haufen war also uninteressant, denn diese Zettel waren nicht mehr zu entziffern, und ich begann – Blatt für Blatt – mich durch den rechten Stapel zu arbeiten. Ich entschied nach kurzer Zeit, noch einen dritten Haufen in der Mitte zu schaffen, wo ich die Zettel platzierte, die zwar ohne Kaffee, aber auch ohne Einkaufsliste waren. Ich kam nur langsam vorwärts, weil auf einigen Zetteln Telefonnummern zu finden waren, die mir nicht unwichtig erschienen. Nach kurzer Zeit rief ich einen vierten Haufen in Leben, auf den ich alle Zettel mit Telefonnummern legte. Diesem Stapel wies ich einen Platz auf dem Boden zu, da auf dem Schreibtisch kein Platz mehr war. Aber das System war noch nicht ausgefeilt, denn diverse unbezahlte Rechnungen kamen zum Vorschein, und da ich in dieser Hinsicht sehr penibel bin, entstand Haufen Nummer fünf, der auf dem Sofa seine Heimat fand. Schließlich legte ich noch Nummer sechs und Nummer sieben an, damit ich auch Zettel ablegen konnte, die ich nicht lesen konnte und solche, die gar nicht beschrieben waren. Leere Zettel braucht man immer und Ordnung ist so wichtig.

Nach gut zwei Stunden hatte ich schon fast die Hälfte des rechten Stapel abgearbeitet und die Zettel systematisch in der Wohnung verteilt, als ich plötzlich einen kleinen Fetzen Papier fand. Ein Einkaufszettel, zugegeben, aber sicher nicht der Neueste, denn dort stand zu lesen: Milch (frische!), Saft (multi), Brot (schwarz), Pizza (Funghi), Katzenfutter (dringend!!!!).

Strandgeflüster

Wenn man es schafft, an warmen Sommertagen bis zum Meer zu kommen, wenn man die Staus auf den Autobahnen hinter sich gelassen und man auch daran gedacht hat, seinen Anrufbeantworter einzuschalten, so dass man auch nichts verpasst, wenn man schon mal nicht zu Hause ist, und wenn man dann auch einen Tag erwischt, an dem das Wetter nicht nur im Binnenland, sondern auch an der See gleichermaßen sonnig ist, wenn man schließlich zu guter Letzt auch noch eine Parkmöglichkeit gefunden hat und man den Strand so vor Einbruch der Dunkelheit erreicht, dann bietet sich – egal ob an Nord- oder Ostsee – folgendes Bild: Handtuch neben Handtuch, Strandkorb neben Strandkorb, Menschen, so weit das Auge reicht. Ein Kannibale könnte sich vermutlich an den vielen Leibern nicht satt sehen, ließe sie aber auch in Ruhe, weil Sonnenöl im Vergleich zu Olivenöl zwar den höheren Lichtschutzfaktor hat, aber bei weitem nicht so schmackhaft ist. Außerdem soll Menschenfleisch angeblich nur unter Zugabe von Rosmarin und Kardamom wirklich bekömmlich sein, und man kann an den Kassenhäuschen neben der Kurtaxe bislang keinerlei Gewürze erwerben. Schade, aber vielleicht bringt diese Geschichte ja mal jemanden zum Nachdenken.

Ich selbst bin wirklich nicht gerne in der Sonne, sondern tue lediglich meiner Freundin Inga einen Gefallen: „Ich lege mich nicht alleine an den Strand", pflegt sie zu sagen, „dann bin ich doch Freiwild." Sie hat vollkommen Recht, und ich kann wirklich nicht verstehen, warum die Männer beim Anblick von Inga so aus dem Häuschen geraten. Vielleicht liegt es an dem durchsichtigen Badeanzug, aber das kann ich nicht beurteilen, denn ich sehe ihr ins Gesicht und nicht auf ihre Kleidung, wenn ich mit ihr rede. Ich glaube, an einigen Stellen ist er gar nicht so durchsichtig. Aber es sind nicht die Pfiffe, die mir das Strandleben vereiteln, nein, angeblich bin ich es selbst.

„Da ist doch gut", sagte Inga und zeigte auf ein zwei Quadratmeter großes, freies Stück Strand.

„Gut, wir können ja abwechselnd baden, denn gleichzeitig passen wir da nie hin."

„Quatsch, das geht schon", meinte sie, „außerdem kannst du hier nicht ins Wasser, das ist zu ölig", erklärte sie. Klar, bei dem Konsum an Sonnenöl, das vom Körper aus schließlich im Meer landet, kann jeder Tanker seine Kammern leeren – das fällt gar nicht weiter auf.

Wir stiegen über verschiedene, glitschige Körper und ein Mann beschwerte sich doch allen Ernstes, dass ich ihm auf die Hand getreten sei. „Ich dachte, es wäre eine Qualle", entschuldigte ich mich und verfluchte den Gott des Sonnenöls, der mich kurz darauf das Gleichgewicht verlieren ließ, weil ich auf dem unförmigen Oberschenkel einer älteren Dame keinen Halt fand. „Mach hier keine Faxen", herrschte Inga mich an und zog mich weiter. Ehrlich gesagt wollte ich diese alte Dame auch nicht schlagen, aber sie hatte schließlich angefangen.

Als wir an dem kleinen Platz angekommen waren, seufzte Inge wohlig: „Wunderbar, hier kann ich es aushalten." Nachdem ich diverse Getränkedosen, Plastiktüten, Zigarettenkippen, leere Sonnenölflaschen und einen penetranten jungen Mann entfernt hatte, war ich annähernd derselben Meinung. Und als wir schließlich das große Handtuch ausgebreitet und uns bequem darauf hinlegt hatten, fehlte uns eigentlich nur noch der Blick aufs Meer, der jedoch war von vielen dickbäuchigen Menschen versperrt, und auch das Rauschen der Brandung war an unserem gemütlichen, nach Schweiß und Sonnenöl riechenden Plätzchen nicht zu vernehmen. Dafür waren die Gespräche der Umliegenden und Strandkorbsitzer nicht zu überhören.

„Sage mal, Vadder, wo haste denn die Sonnencreme?", fragte irgendeine rheinische Frohnatur in einer Lautstärke, die mich zunächst annehmen ließ, ihr Mann würde am Südpol weilen. Ich drehte meinen Kopf in die Richtung, wo ich die Frau vermutete und war doch ein wenig erstaunt, dass der Gatte direkt neben ihr im Korb thronte. Gut, vielleicht ist der Rheinländer als solcher nicht mit einem guten Gehör beschenkt, denn die Lautstärke des Dialogs der beiden Sonnencreme-Suchenden veranlasste ein großes Containerschiff fern am Horizont, sich dem Strand zu nähern – wahrscheinlich glaubte der Kapitän, schon das nölende Horn des Hafens von Danzig zu hören. Aber es war nur der rheinische Ehemann, der seinen Unmut über das Fehlen des Sonnenöls bekundete.

Außer mir bemerkte nur ein Mensch das herannahende Schiff: Der Rest der Strandpopulation war mit dem Eincremen oder dem Suchen nach dem Sonnenöl beschäftigt, Inga ließ sich per Kopfhörer beschallen, und nur ein kleines Kind, das den verölten Augen seiner Eltern entwischt war, grölte fortwährend: „Mama, guck doch mal!" Statt der unbekannten Mama setzte ich mich auf und sah mir das Spektakel auf dem Wasser in Ruhe an: Ein wirklich majestätischer Anblick, dieses riesige Ungetüm auf mich zukommen zu sehen, am liebsten hätte ich laut applaudiert, aber ich wollte niemanden stören. Das Kind, das bis zu den Knien im Sonnenöl, nein, im warmen Meerwasser stand, war hingegen nicht so rücksichtsvoll: „Mamaaa, guck doch mal!" Aber weder Mama, Papa, der in Afrika lebende Onkel oder der verschollene Bruder, der unlängst bei einer Fernsehsendung wiedergefunden wurde, regten sich – vermutlich hatten sie irgend etwas in den Ohren, wahrscheinlich Sonnenöl.

Mittlerweile hatte der Frachter seinen Irrtum bemerkt und drehte ab, was die kleine Plage hektisch werden ließ: „Mama! Guck! Doch! Mal!" Es gibt Kinder, die würde ich nicht einmal adoptieren, wenn sie viel Geld hätten, und dieses gehörte mit Sicherheit dazu. Ich schwor, mir beim nächsten Kreischen dieser kleinen Kröte Laut zu geben – glücklicherweise musste ich nicht lange warten: „Mama..." Ich holte tief Luft: „Also, wenn Mama nicht gleich mal guckt, dann ertränke ich sie und ihr Balg im Sonnenöl."

Gut, dass es kein Kardamom und Rosmarin in der Nähe gab, denn so kamen Inga und ich mit einigen Bisswunden davon.

Süchtig

Ich wasche mir gern die Füße, sehr gern. Manchmal wasche ich mir nicht die Hände, nachdem ich auf der Toilette war, sondern nur die Füße. Ich bin in dieser Hinsicht sogar so fanatisch, dass ich meine Gummistiefel mit Badewasser fülle, bevor ich nach draußen gehe. Wenn ich nur irgendwo etwas sehe, wo ich meine Füße hineinhalten kann, dann ist es um mich geschehen. Mein Bruder hingegen wollte immer unbedingt so aussehen wie Michael Jackson und hatte schon vor, sich die Haut zu färben und die Nase operieren zu lassen. Glücklicherweise kam Herr Jackson ihm damit zuvor, vielleicht weil er so aussehen wollte wie mein Bruder, ich weiß es nicht genau. Ein entfernter Onkel sammelt ausgebrannte Teelichte und tauscht sich an jedem Wochenende mit einem Fachmann in Wladiwostok aus. Einer meiner Großväter hat die Brechreiz-Tüten in Flugzeugen gesammelt, einmal konnte er sogar die komplette Ladung eines Jumbo-Jets mitnehmen. Natürlich nur unbenutzte Exemplare. Meine Mutter winkt immerzu, sie kann damit nicht aufhören. Sie winkt an jeder passenden und unpassenden Stelle. Teilweise winken ihr auch mal Menschen zurück, aber oft sitzt sie allein zu Hause und winkt, das klingt zwar traurig, aber sie lacht dabei. Der Hund wedelt mit dem Schwanz und mein Vater küsst sie nicht mehr, er winkt ihr zu. Man kann über weitaus größere Entfernungen winken als küssen. Jeder hat so seine ihm eigene Sucht und muss nur achtgeben, dass sie ihn nicht beherrscht.

Meine beste Freundin Inga hält nicht viel von Männern. Es sei denn, sie sind berühmte Filmschauspieler, ja, eigentlich sammelt sie so etwas. Inga ist ständig auf der Suche, in jedem Restaurant, in jeder Kneipe, an jedem Strand hält sie nach bekannten Gesichtern Ausschau, erkennt die Berühmtheiten schon von weitem. Sie ist nicht unbedingt süchtig nach Schauspielern, sie sieht sie nur überall.

Genaugenommen waren wir auf dem Weg ins Theater, um einen der großen deutschen Schauspieler zu bewundern. Eigentlich bewunderte Inga ihn, ich war nur der Sitzplatzhalter neben ihr. „Stop! Stop! Stop!", schrie sie mich plötzlich an. Ich zuckte zusammen und versuchte, den Fußgängern auszuweichen, die sich plötzlich auf dem Gehweg befanden.

„Was ist?", fragte ich sie irritiert, immer noch mit dem Wagen kämpfend.

„Das war eben Robert de Niro!"

„Jetzt? Hier? In Deutschland?"

Inga wurde ärgerlich: „Natürlich hier, glaubst Du, wir sind mit Deinem Auto durch Zeit und Raum gereist?" Ich räusperte mich vorsichtig und schüttelte den Kopf. Und wenn es doch so gewesen wäre, dann hätten wir es auch gar nicht gemerkt. Oder erst Jahre später. Zeitreisen sollen sehr kompliziert sein.

Ich stoppte meine Blechkiste und versuchte, Inga zu beruhigen. „Bist du Dir sicher? Robert de Niro? Das letzte Mal trafen wir Dustin Hoffmann und er entpuppte sich als arbeitsloser Hausmeister aus Kassel."

„Das hat er zumindest gesagt."

„Warum hätte der Typ lügen sollen?"

Inga reagierte gereizt: „Weil es vielleicht doch Dustin Hoffmann war, bei seinem Deutschlandurlaub." Es war wie immer hoffnungslos, mit ihr zu diskutieren, und ich konnte mich eines Seufzers nicht erwehren. Aber Inga gab nicht auf: „Du brauchst gar nicht so genervt zu sein: Immerhin haben wir durch mich neulich den Hauptdarsteller aus dieser Vorabendserie kennengelernt." Ja, da hatte Inga Recht. Auch wenn ich den Mann nicht unbedingt als Bereicherung meines Bekanntenkreises einordnete. Und eigentlich war er auch gar nicht Hauptdarsteller, sondern Beleuchter. Aushilfsweise. Aber solche Sachen verdrängt Inga nur zu gern. Ich hingegen hatte schon nach wenigen Minuten seinen Namen vergessen und das ist schade, denn wie oft braucht man mal einen versierten Lichttechniker. Oder Kabelträger. Ich glaube, er war beim Rundfunk.

„Los, dreh um! Keine Widerrede", zeterte Inga, „ich bin mir ganz sicher."

Ich startete noch einen Versuch, sie umzustimmen. „Ich habe gerade gelesen, dass er einen neuen Film dreht, er kann gar nicht hier sein."

„Pah, ein paar Szenen müssen bestimmt in Deutschland gedreht werden", ließ sie sich nicht beirren. Das Theaterstück mit dem deutschen Schauspielhelden war unwichtig, ebenso wie mein Einwand, dass Robert de Niro kein Deutsch verstehen würde. Sie sah mich mitleidig an: „Er ist Schauspieler, er kann fast alles. Wenn man so viele Rollen spielt, dann färbt das ab. Der kann auch Taxifahren." Ich verkniff mir die Bemerkung, dass in Deutschland jeder Student dieses Metier beherrscht, aber deswegen noch lange nicht nach Hollywood eingeladen wird. Andererseits ließe ich mich gern einmal von Herrn de Niro durch die Innenstadt von Wuppertal fahren.

Süchtig

Ingas Wille machte auch nicht vor der Einbahnstraße halt: Ich musste drehen und auf direktem Weg zurückfahren. „Vielleicht erwischen wir ihn noch", bibberte sie, während ich versuchte, den entgegenkommenden Fahrzeugen auszuweichen. Der Anblick von Robert würde mich für alles entschädigen, erklärte Inga und dabei suchte sie die Bürgersteige ab. „Er kann noch nicht weit sein", murmelte sie immer wieder. Nein, konnte er nicht. Es sei denn, er reiste durch Raum und Zeit, denn Schauspielern ist schließlich alles zuzutrauen. Aber alles schien sich plötzlich zum Guten zu wandeln, denn Ingas spitzer Aufschrei ließ mich den Wagen abrupt in direkter Nähe eines Laternenpfahls parken: Sie hatte ihn gefunden. „Da!", keuchte sie, „in dem Bistro sitzt er!"

Auf der gegenüberliegenden Seite der Straße, dort, wo Ingas spitzer Finger hinzeigte, sah ich das Schaufenster eines Herrenausstatters, und die Schaufensterpuppen wiesen so gar keine Ähnlichkeit mit amerikanischen Filmschauspielern auf. Auch Inga bemerkte die Unstimmigkeit: „Die haben die ganz schnell Kulisse ausgetauscht, unglaublich! Und de Niro ist auch weg. Mist!"

Bevor ich den Wagen vom Laternenpfahl lösen konnte, rollte auch schon die Polizei heran. Während die beiden Uniformierten auf uns zukamen, flüsterte Inga mir zu: „Den Rechten kenne ich, der hat mal beim Tatort..."

Das Mysterium der Kassenschlange

Während sich Wissenschaftler darüber den Kopf zerbrechen, ob andere Planeten bewohnt sind und ob die Sonnenwärme ausreicht, die Menschheit in den kommenden Tausend Jahren am Leben zu erhalten, gibt es Fragen, die weitaus von größerem allgemeinen Interesse sind: Warum regnet es, wenn ich die Fenster putze, warum gehen technische Geräte immer einen Tag nach Ablauf der Garantie kaputt und ist das Licht im Kühlschrank wirklich aus, wenn die Tür zugeht? Gerade im letzten Fall habe ich den heimlichen Verdacht, dass der Kontaktschalter zwar das Licht löscht, wenn die Tür fast geschlossen ist, aber wer weiß schon, was passiert, wenn die Tür wirklich zu ist? Ich möchte jedenfalls nicht in einem Kühlschrank übernachten, in dem die ganze Zeit das Licht brennt. Aber die entscheidende Frage, der sich kein Wissenschaftler zu stellen wagt – vermutlich, weil er ohnehin daran scheiterte – ist: Warum dauert es an meiner Supermarktkasse immer länger?

Mal abgesehen von der Tatsache, dass der Parkplatz des Supermarktes gähnend leer sein kann, die Verkaufsräume aber dennoch zum Bersten voll sind, mal abgesehen davon, dass ich nie ein Eurostück für den Einkaufswagen habe und ich so immer die Waren auf dem Arm durch den Supermarkt balanciere, mal abgesehen von der elektrischen Eingangstür, die sich zur falschen Seite oder gar nicht öffnet und an der ich mir immer den Kopf stoße, abgesehen von diesen unerheblichen Kleinigkeiten ist Einkaufen in einem großen Supermarkt eine feine Sache. Und natürlich auch viel bequemer, als in dem kleinen, miefigen „Tante-Emma-Laden" an der Ecke, in dem die alte Besitzerin mit der Güte meiner verstorbenen Großmutter ständig fragt, was man denn noch brauchen könne.

Jedesmal wenn ich den Supermarkt betrete bin ich von der Fülle der Waren überwältigt und ich frage mich, wer das alles kaufen soll. Meistens stehe ich dann mit seltsamen Dingen wie Kindernahrung, Teflonpfannen, Tampons, Espressomaschinen, vierzehn Gläsern bayrischen süßen Senfs, einem Regenschirm, einem Weihnachtskalender oder anderen nützlichen Dingen an der leeren Supermarktkasse, bis mir einfällt, dass ich eigentlich nur einen Liter Milch kaufen wollte. Dann bitte ich die nächste Angestellte um einen Karton, lege all die schönen Waren, die ich teilweise geschultert trage, hinein und stelle sie vor dem Hundefutter-Regal ab: Man weiß nie, wer diese Dinge brauchen kann und oft freuen sich gerade Hundebesitzer, wenn man ihnen die Arbeit beim Einkaufen abnimmt.

Wenn ich mit dem Liter Milch in der Hand wieder an die Kasse komme, bietet sich mir in der Regel folgendes Bild: Vier der zwanzig Kassen sind eröffnet und davor befinden sich meterlange Schlangen, die sich teilweise bis zum Eingang zurückstauen. Auf meine höfliche Frage bei einer Angestellten, die aus sicherer Entfernung das Schauspiel beobachtet, ob man denn zwecks einer zügigen Bedienung nicht noch die anderen sechzehn Kassen öffnen könne, bekomme ich dann die richtige Antwort: „Bitte stellen Sie sich hinten an." Das ist ein wohlgemeinter Ratschlag, denn man hört oft von Personen, die sich aus Unwissenheit oder Ungeduld nicht hinten anstellten und an Ort und Stelle vom aufgebrachten Mob mit Frischkäse beschmiert und dann mit diesen widerlichen getrockneten Bananen-Chips beklebt wurden. Methoden wie im Wilden Westen, aber man drängelt sich ja auch nicht einfach vor. Und man stellt Menschen, die im Supermarkt arbeiten, auch keine dummen Fragen.

Vier Kassen: An Kasse 1 ist eine Auszubildende, an Kasse 2 stehen in der Schlange fast ausschließlich Hausfrauen mit ihren Großeinkäufen, Kasse 3 hat mit Abstand die längste Schlange – was bleibt ist – ganz logisch – Kasse Nummer 4. Während ich mich noch frage, was ich eigentlich mit der Milch wollte, rückt die Schlange an Kasse 3 ein ganzes Stück weiter nach vorn. Ein ganz großes Stück. Ein gigantisches Stück, denn die Schulklasse, die einen Ausflug macht, wird von der Kassiererin einfach durchgewunken und sie rechnet in Windeseile 24 Dosen Cola ab, die der Lehrer komplett bezahlt. Mit siegessicherem Grinsen wechsle ich flugs in die jetzt sehr kurze Schlange an Kasse 3: Oft ist es wichtig, flexibel zu sein.

Spätestens wenn nur noch drei Menschen vor mir sind, höre ich die Frau an der Kasse laut schnaufen und leise fluchen: Sie beginnt wie wild an ihrem Gerät zu hantieren und brüllt schließlich in einer ohrenbetäubenden Lautstärke durch den Markt: „Ich brauch 'ne Rolle Papier, mein Papier ist alle!" Minuten vergehen und die ich beobachte mit wachsendem Neid, wie sich die Schlangen an den anderen Kassen bewegen: Die Auszubildende an der 1 scheint cleverer, als ich gedacht hatte, denn dort baut sich der Stau am schnellsten ab. Ein kurzer Blick – nein, es kommt noch keine Rolle Papier – und ich steige behutsam über den schwankenden Einkaufswagen einer netten Frau mit zwei Kindern aus der Schlange von Kasse 2, zertrete dabei ein paar der sechs Eier in ihrem Korb, aber das ist ihre Schuld, schließlich hätte sie ja auch ein leckeres Fertiggericht kaufen können.

Ich reihe mich in die Schlange an Kasse 1 ein und mein Leiden scheint ein Ende zu haben: Ich rücke unaufhaltsam weiter vor, das Ziel rückt näher und mittlerweile kann ich den Ziffernblock der Kassentastatur sehen, so dicht bin ich vor der Glückseligkeit. Ich höre, wie die junge Frau beim Bezahlen des Mannes vor mir seufzt und noch bevor sie die Kasse schließt, bevor sie meine Tüte Milch in die Hand nimmt, fragt sie mich: „Haben Sie es passend? Ich habe kein Kleingeld mehr." Nun, spätestens an diesem Punkt ist mir gleichgültig, was ein Liter Tütenmilch kostet und ich wedele mit einem Fünfzigeuroschein vor ihrer Nase herum und sage: „Ach, das ist mir egal, der Rest ist für Sie." Sie greift lächelnd nach meinem Tetra Pak und stellt ihn mit einem „iiih" wieder auf das Fließband: „Sehen Sie mal", sagt sie bedauernd, „der hat ein Leck, holen Sie sich einen Neuen."

Wissenschaftler haben vermutlich Haushälterinnen, die für sie einkaufen.

Sie meint es gut

Mütter sind wunderbare Menschen oder Frauen. In der Regel achten sie darauf, dass es einem gut geht und dass man sich nicht verletzt. An spitzen Gegenständen. Oder an anderen Frauen. Oder an Männern. Und sie achten darauf, dass man sein Zimmer aufräumt, wenngleich man diese Fürsorge umgehen kann, indem man sein Reich außerhalb des elterlichen Einzugsgebietes aufbaut. Ein Auslandswohnsitz wirkt da oft Wunder, und in Fachkreisen munkelt man, Boris Becker sei vor der Reinlichkeit seiner Mutter und nicht vor dem Finanzamt nach Monaco geflohen. Aber Mütter meinen es gut. Meistens. Sie wollen nur, dass man sich gut und richtig entwickelt, dass man etwas aus seinem Leben macht. Am besten Millionär. Oder Milliardär. Irgend etwas Vernünftiges. Und sie achten auch immer darauf, dass man genug zu essen bekommt.

Es ist ziemlich egal, was ich bei meinen Eltern mache, ob ich nur mal zu Besuch komme, ob ich den Rechner meines Vaters repariere und ihm dann einen neuen kaufe oder ob ich einfach nur zufällig vorbeischaue – nach spätestens fünf Minuten sagt meine Mutter den entscheidenden Satz: „Du musst mehr essen, du bist entsetzlich dünn geworden." Dabei habe ich zugenommen. Fast 700 Gramm. Glaube ich. Zumindest kann ich das fühlen, denn meine Waage ist defekt und zeigt immer rund zehn Prozent zu wenig an. Meine beste Freundin Inga benutzt sie momentan gern, aber das ist nicht so wichtig.

Es ist auch egal, was ich auf den Satz meiner Mutter antworte, es ist egal, ob ich sage: „Ich habe gerade gegessen" oder „Mir ist noch schlecht von gestern" oder auch „Die Druckerei stellt gerade auf Computer um", ihr nächster Satz liegt schon parat. „Ich habe gerade noch ein Süppchen auf dem Herd, das kann ich schnell heißmachen." Natürlich, die Technik ist heute so weit, dass man Suppe erhitzen kann. Problemlos. Widerspruch ist zwecklos. Ich weiß auch nicht, warum sie immer eine Suppe auf dem Herd hat. Auf meinen Einwurf „Ich will gleich wieder gehen", folgt in der Regel umgehend die Antwort: „Ach, das ist doch schnell gemacht. Ich kann Dir etwas mitgeben." Ich habe eine ganze Tiefkühltruhe voll mit Plastikbehältern, in denen „Süppchen" sind. Praktisch. Wirklich. Aber ich esse zu Hause nicht viel, ich bekomme bei meiner Mutter immer genug.

Da das Fassungsvermögen meiner Tiefkühltruhe beschränkt ist, entschließe ich mich in der Regel dafür, an Ort und Stelle etwas zu mir zu nehmen. „Nicht so viel, nur eine Kleinigkeit, bitte." Aber meine Mutter ist in dieser Hinsicht sicher nicht viel anders als andere Mütter, sie meint es ja auch nur gut: „Na, eine Kelle kannst du doch noch." Das macht sie immer. Ich sage, dass es genug ist, und sie füllt noch eine volle Kelle nach. Danach noch eine. Und wenn ich sage „Danke, das genügt", dann ist schon die nächste Kellenladung im Anmarsch. In solchen Momenten frage ich mich, ob das dem Bundeskanzler auch so geht, wenn er bei seiner Mutter zu Besuch ist. Vielleicht schreiten in diesem Fall seine Leibwächter ein – es wäre ein Grund, um für das Amt zu kandidieren.

Während ich esse, fragt mich dann meine Mutter, wie es mir geht. Ob alles in Ordnung ist. Ob mir meine Arbeit noch Spaß macht. Ob mir das Wetter gefällt. Ob ich denn meine Wohnung jetzt öfter aufräume. Und ich grüble, ob es überhaupt jemanden gibt, der mit einem heißen Süppchen im Mund reden kann. Vielleicht Boris Becker, vielleicht der Bundeskanzler, ich bekomme jedenfalls keinen Ton heraus. Jedenfalls nicht ohne Flecken auf der Tischdecke zu hinterlassen. Da wo mein Vater sitzt, sind immer Flecken.

Sie meint es nur gut, und das Eis, das sie in einem kleinen Kristallschälchen auf den Tisch bringt, sieht wirklich köstlich aus: „Ein Eis passt immer rein", erklärt sie lächelnd, und wenn ich mir mit Leidensmiene den Bauch halte, weil ich tatsächlich der Meinung bin, dass ich nichts mehr essen kann, dann murmelt sie. „Och, schade. Dann muss ich es wohl wegwerfen." Nein, muss sie nicht. Ich esse ja alles auf, vielleicht wird das Wetter ja auch besser, vielleicht muss ich ja auch beim nächsten Mal nichts mehr essen, wenn ich jetzt tüchtig zulange. Deshalb mache ich mich daran, alles Eis der Welt, das nun in der Tiefkühltruhe meiner Mutter lagert, zu vertilgen. Natürlich wird mir dabei schlecht und das einzige, was meine heißgeliebte Mutter dazu achselzuckend sagt, ist: „Du isst einfach zu wenig, kein Wunder dass Dir dauernd schlecht ist." Gar nicht dauernd. Eigentlich nur, wenn ich Suppe mit Eis esse. Oder eins nach dem anderen. Nein, bitte, ich möchte keine Kekse. Käse bitte auch nicht. Ich habe auch noch immer meine Obstallergie, vielen Dank.

Sie meint es nur gut, glaube ich. Vielleicht rede ich auch einfach zu viel und die einzige Art, wie sie mich mundtot machen kann, ist, dass sie mich füttert. Irgendwann liegt dann Schokolade auf dem Tisch. Meine Lieblingsmarke. Und mir ist wirklich übel. Sie sieht mich fragend an: „Ich habe auch noch Marzipankartoffeln vom letzten Weihnachten." Ich sage ihr nicht, dass ich noch welche vom vorvergangenen Jahr habe, schließlich meint sie es ja nur gut. Und

Sie meint es gut

Marzipan hält sich lange. Viel länger als die Birnen, die ich trotz meiner Allergie vor sechs Wochen mitgenommen habe. Marzipan lockt auch keine Fruchtfliegen an. Jedenfalls nicht im Winter.

Wenn ich das Haus meiner Eltern verlasse, dann habe ich eine Menge von Plastikbehältern unter dem Arm, in denen Suppen und andere Nahrungsmittel stecken, die man ganz schnell wieder auftauen kann, einen alten Anzug meines Vaters, der mir sicher passen wird, wenn ich neun Zentimeter schrumpfe, zwei Kartons mit Keksen und sieben Tüten Marzipankartoffeln. Sie meint es nur gut, wenn sie dann sagt: „Beim nächsten Mal koche ich wieder etwas Richtiges, damit du satt wirst." Wer eine Mutter hat, wird sicher nicht an Unterernährung sterben.

Ein Paar Schuhe – bitte ohne Anglizismen

Ich gebe zu, dass ich Deutschland nicht mag: Hier ist ewig schlechtes Wetter und es wird auch immer zu falscher Zeit hell oder dunkel. Der Winter ist immer zu warm, es gibt keinen Schnee und kein Eis, und der Sommer wird von Saison zu Saison kälter, auch wenn Meteorologen uns glauben machen wollen, dass wir gerade in diesem Jahr die heißesten drei Monate seit 1812 hatten. Nun, ich bezichtige niemanden der Lüge, aber man sagt in diesem Land einfach nicht die Wahrheit. Außer vielleicht Politiker, aber denen glaubt man prinzipiell nicht. Das einzige, was ich an Deutschland wirklich mag, ist die Sprache. Zugegeben: Das ist nicht viel, aber es ist vermutlich das einzige, was Deutschland von England oder Amerika unterscheidet. Noch. In vielen Dingen gibt es aber auch kaum Unterschiede zu diesen Ländern: In der Verbrechensrate sind wir schon besser als die Amerikaner und was den Rinderwahnsinn anbelangt, haben wir nach den neuesten Statistiken die Briten weit überflügelt. Leider hinkt Deutschland im Fußball und überhaupt in jeder anderen Sportart der Welt hinterher, aber das wird sich ändern, wenn die neue Schuhkollektion in den Geschäften ist.

Mittwochs ist mein Einkaufstag, da habe ich Zeit und die Geschäfte sind geöffnet. Natürlich ginge ich lieber am Sonntag los, aber das Ladenschlussgesetz in Deutschland ist unerbittlich und lässt mir keine Chance: Außer an Tankstellen kann ich nirgendwo einkaufen, aber da gibt es leider keine Schuhe. Und ich muss zugeben, einen Tick zu haben, was meine Füße anbelangt: Ich kaufe mir mehr Schuhe als Hosen, was mich mitunter vor Probleme stellt, denn es gibt Anlässe, bei denen man ohne Beinkleid nicht erscheinen darf. In jedem Fall stehe ich zu diesem Tick, andere sammeln Geld, ich kaufe damit Schuhe. Deutsche Schuhe.

Es ist schon faszinierend: Auf einer Verkaufsfläche von 300 m² sind gut 90 Prozent für Damenschuhe reserviert. Nicht, dass Frauen größere Füße hätten und die Schuhe mehr Platz bräuchten, nein, ich glaube, Frauen haben einfach den besseren Überblick, Männer darf man nicht überfordern. Von den restlichen zehn Prozent des Raumes sind dann noch vier für Kinderschuhe, zwei für Arbeits- und zwei für Sportschuhe. Bleiben noch zwei Prozentpunkte, die für die Personaltoiletten gebraucht werden. Das Regal oder besser: Der Drehständer für einfache, ganz normale Herrenschuhe steht draußen vor der Tür. Im Regen. So ist das Wetter nun mal in Deutschland.

„Kann ich Ihnen helfen?", fragte mich eine junge Verkäuferin freundlich. „Das will ich stark hoffen: Ich brauche Schuhe." Natürlich: Eine dumme Antwort, was will man anderes in einem Schuhgeschäft. Aber wer hilft einem schon, wenn nicht eine freundliche Schuhfachgeschäftsberaterin. Sie führte mich zu einem kleinen Regal und präsentierte stolz die aktuelle Herrenkollektion: „Haben wir gerade ganz frisch reinbekommen, die sind fast noch warm." Ich verkniff mir die Frage, in welchem Ofen diese klobigen Dinger denn gebrannt wurden – im Grunde genommen habe ich keine Ahnung, wie man Schuhe macht. Ich dachte immer, dafür gäbe es Schuster. „Aha", murmelte ich also und war fast sprachlos ob dieser großen Vielfalt: Immerhin gab es fast 18 verschiedene Schuhe in diesem Regal, alle in unterschiedlichen Größen.

Sie sah auf meine Füße: „Ich tippe mal auf vierundvierzigeindrittel", sagte sie mit Kennerblick und zog zielstrebig einen der Treter aus dem Regal. „Kann ich Ihnen sehr empfehlen: Mit Air-Cushions und Rubber-Sole, trägt mein Sohn auch." Mal abgesehen davon, dass ich mich fragte, wie groß der Sohn dieser jungen Frau sein musste, um meine Schuhgröße zu haben, konnte ich mit den Fachbegriffen so gar nichts anfangen. Und auch auf die Gefahr hin, dass ich mich als vollkommener Idiot bloßstellte, fragte ich: „Sol? Är-Kaschins? Was ist das?" Sie sah mich verständnislos an, so als hätte ich gefragt, ob die Erde wirklich rund sei: „Luftpolster und Gummisohle", sagte sie schließlich und ich tippte mir an die Stirn: „Ja, logisch. Hatte ich nur vergessen." Aber der Schuh selbst gefiel mir nicht, trotz der luftgepolsterten Gummisohle, denn er machte so gar keinen schlanken Fuß. „Haben Sie vielleicht noch etwas anderes?"

„Klar, hier die Boots von der Firma Caterpillar gibt es..."

„Ha", unterbrach ich sie, „das kenne ich, das bedeutet Raupe. Die sind bestimmt für langsame Leute, nein, das ist nichts für mich. Wissen Sie, ich möchte einfach einen schönen Schuh, mehr nicht."

„Aha", sagte nun die Verkäuferin und stand ein wenig ratlos vor dem Regal, „da muss ich mal meine Kollegin fragen."

Ein paar Minuten später kam die Kollegin auf mich zugestapft, ein wenig übergewichtig und vermutlich genauso alt wie ich: Ich schätzte sie auf Mitte 30, vielleicht verband uns ja neben dem Alter auch die deutsche Sprache. Aber meine Hoffnung wurde jäh enttäuscht: „Guten Tag, meine Kollegin ist eigentlich für die Ladys-Corner: Was suchen Sie denn?" Mal abgesehen davon, dass die Frauenabteilung in diesem Laden keine Ecke sondern eher ein Kontinent war, hatte ich schon jetzt das Gefühl, dass mich auch diese Frau nicht verstehen würde: „Nun, ich suche einen schönen Schuh, ein bisschen bequem, ein bisschen flott – eben etwas Schickes."

„Gern", meinte sie freundlich, „Street- oder Sportswear?" Innerlich fluchte ich auf die englische Sprache und darauf, dass ich nur Latein und einen alten ägyptischen Dialekt beherrsche, der mir zwar beim Entziffern von Hieroglyphen, nicht aber beim Schuhkauf besonders dienlich ist. Obwohl die Unterschiede nicht besonders groß waren.

„Einen Schuh, die sehen hier alle gleich aus und heißen nur anders", seufzte ich, „einen schönen Schuh, ohne Anglizismen, den man an den Fuß zieht – haben Sie so etwas denn nicht?"

„Ohne was?", fragte die Verkäuferin irritiert und sah auf das Regal. Geistesgegenwärtig zog sie plötzlich eines dieser klobigen Exemplare heraus und hielt es mir triumphierend vor die Nase: „Hier. Das ist, was Sie suchen und was Sie brauchen. Wird Ihnen gefallen: Fashioned Style mit Grip und Ranger-Profil."

Vielleicht gehe ich in Zukunft barfuß oder ich kaufe meine Schuhe nur noch auf Mallorca: Dort spricht man Deutsch.

Sockendiebe

Kleine technische Geräte sind in meinen Händen eine Katastrophe, alles geht kaputt: Armbanduhren zeigen schon wenige Sekunden nach dem Kauf Funktionsstörungen, der Fön beginnt zu saugen, mein Staubsauger bläst den ganzen Müll in unregelmäßigen Abständen durch die Wohnung, und mit meinem Rasierapparat empfange ich seit kurzem einen türkischen Radiosender. Ich glaube zumindest, dass es türkisch ist, ich verstehe jedenfalls kein Wort. Außerdem kann ich mich nicht mehr rasieren. Gut, das sind nur Kleinigkeiten, aber grauenhaft wird es bei den größeren Geräten. Meine Waschmaschine zum Beispiel ist mir nicht geheuer, ich bin überzeugt, dass sie bewohnt ist. Groß genug wäre sie. Zumindest für einen Liliputaner. Oder für einen von diesen Zwerpygmäen. Zudem werden die Maschinen ja mittlerweile auch in Brasilien hergestellt, da kann es doch schon einmal passieren, dass so ein kleiner Kerl sich in die Trommel flüchtet. Oder dahinter. Oder einfach eingebaut wird. Deswegen halten sie auch nicht so lange.

Natürlich, der Gedanke scheint absurd, aber ich kann es mir nun mal nicht anders erklären. Seit ich vor zwei Monaten die Maschine erworben habe, verschwinden immer wieder Socken. Und nicht paarweise, nein einzeln. Es gibt auch keine bevorzugte Farbe, schwarz, grün, weiß, orange und auch die grauen, die verwaschenen Socken verschwinden. Nur die beiden rosa Kniestrümpfe, die ich mal von einer Freundin geschenkt bekommen habe, damit mir warm wird, kommen immer wieder raus. Zusammengeknotet – ich mache das nicht. Gut, die Dinger sehen auch widerlich aus, aber eine Waschmaschine hat eigentlich keine Augen. Pygmäen schon. Glaube ich. Oder Liliputaner. Ich war auch schon drauf und dran, die Maschine einmal umzudrehen und mich mit dem Schraubenzieher bewaffnet an das Öffnen der Rückseite zu machen, habe aber letztlich Angst, dass ein bis unter die Zähne bewaffneter Buschkrieger herausspringt und mir die Strümpfe bei lebendigem Leib von den Füßen reißt. So etwas soll es geben. Es sind auch schon Tiere in Waschmaschinen verschwunden. Noch vor dem Schleudergang.

Mit dem Pygmäen oder Liliputaner in dem Kasten ließe sich vieles erklären. Die tollen Zeitprogramme, bei denen die Maschine plötzlich mitten in der Nacht anspringt, nachdem ich den halben Nachmittag auf einer kleinen Tastatur Zahlen eingegeben habe. In

Sockendiebe

Wirklichkeit reicht es vermutlich, wenn ich dem Bewohner der Maschine per Buschtrommel zu verstehen gebe, erst nach Mitternacht zu waschen. Allerdings verstehe ich mich nicht sonderlich gut auf das Buschtrommeln, denn es gibt 80 verschiedene Buschvölker und 19 verschiedene Waschmaschinenhersteller.

Und dann dieses Gerede um den niedrigen Wasserverbrauch. Ich zum Beispiel trinke gar kein Wasser, aber ich kenne keine Maschine, die die Kleidung mit Martini reinigt. Meine beste Freundin Inga schwört auf Wasser und hat immer eine Flasche am Bett stehen. Liliputaner sind da sicher genügsamer. Ein Freund von mir, der ebenfalls ein wenig kleinwüchsig ist und sich für den letzten Überlebenden der Sieben Zwerge hält, dieser Freund trinkt Unmengen von Wasser. Er hat auch einen besonderen Vertrag mit den Wasserwerken, darf nur zu Hause die Toilette benutzen. Oder so ähnlich. Ich muss ihn mal fragen, ob er mal in einer Waschmaschine gewohnt hat.

Mittlerweile verschwinden nun auch Hosen in der stählernen Kiste. Ausgerechnet meine Lieblingsjeans – jetzt habe ich nichts mehr zum Anziehen. Nicht für die Beine. Dabei passt die Jeans sicher keinem Liliputaner, denn für derartige Verhältnisse bin ich entsetzlich groß. Die Frage, die ich mir seit dem Verschwinden der Hose stelle, ist: Dient meine Garderobe der Ernährung oder Bekleidung? Ich dachte immer, diese kleinen Kerle kommen mit einem Lendenschurz aus, aber in einer Waschmaschine scheinen sie sich der Zivilisation anzupassen. Das ist nicht unbedingt artgerecht und ich warte schon seit langem darauf, dass Greenpeace bei den Waschmaschinenherstellern interveniert, damit sie die Angestellten zu besseren Konditionen arbeiten lassen. Meine Mutter wäscht zum Beispiel rund um die Uhr, da hat der kleine Kerl in der Trommel doch gar keine Zeit zum Schlafen. Oder zum Sockenklauen. Bei meiner Mutter verschwinden jedenfalls keine Kleidungsstücke. Der kleine Kerl in der Kiste muss bei ihrem Waschverhalten an Erschöpfung sterben. Und der Mann von der Herstellerfirma behauptet dann immer, das sei Materialermüdung. Verkalkung. Als ich klein war, hat mein Vater mal über meinen Onkel gesagt, er sei vollkommen verkalkt – auch in meiner Familie gibt es vermutlich Sockendiebe. Vielleicht bin auch ich im Grunde genommen kleinwüchsig und schlage nur ein wenig aus der Art, vielleicht war ich als Waschmaschinendreher – oder wie das heißt – vorgesehen, aber meine Gene spielten verrückt. Zumindest hätte ich so immer genug Socken.

Sockendiebe

Eine Zeit lang hatte ich Angst, Wäsche in die Maschine zu stek-ken: Ich wartete immer auf eine Hand, die aus der Trommel käme. Ein paar Mal habe ich schon gegen den Kasten getreten, in der Hoffnung, dass sich irgend jemand wehklagend meldet, aber es blieb stumm. Diese Pygmäen sind sehr schmerzunempfindlich. Glaube ich. Oder sie haben den Mund voller Socken.

Mittlerweile wasche ich nicht mehr, nein, ich füttere den kleinen Mann. Ich kippe auch keinen Weichspüler mehr in die Trommel, sondern frisch gepressten Orangensaft, und statt des aggressiven Pulvers, das bei einem Selbstversuch meine Augen nachhaltig zum Tränen brachte, verwende ich bei 30° nun Brausepulver, bei 40° Milchpulver mir Kakao, bei 60° den löslichen Cappuccino und bei 90° Kaffee. Mit Zucker. Meine Sachen kommen nun zwar mit selt-samen Verfärbungen aus der Maschine, aber seit ein paar Tagen fehlen keine Socken mehr. Kürzlich fand ich auch meine Lieblings-jeans unter meinem Bett wieder. Vielleicht hat der Pygmäe nachts kurz sein Versteck verlassen und mir sein Trophäe zurückgebracht, weil er mir gegenüber ein schlechtes Gewissen hatte. Ich habe ihm eine Mettwurst in die Trommel gelegt.

Nicht von dieser Welt

Jeder Mensch hat Ängste, das ist wohl unbestritten. Ein guter Freund von mir fürchtet sich zum Beispiel davor, bei einem Flugzeugabsturz ums Leben zu kommen. Seine Angst ist so groß, dass er nicht einmal mehr in die Nähe von Flughäfen fährt, weil er befürchtet, es könnte ihm einer dieser Stahlvögel auf den Kopf fallen. Sein Neffe hätte ihn kürzlich fast mit einem ferngesteuerten Modell enthauptet, das geschah natürlich eher zufällig, denn der gute Mann hat nichts zu vererben. Meine Katze, die fast ein Mensch ist und nur unwesentlich mehr Haare hat als mein Cousin, der auch als Werwolf arbeiten könnte, hat Angst vor Wasser. Vielleicht hängt diese Angst mit der Fülle an Haaren zusammen, denn mein Cousin wäscht sich ebenfalls nur ungern. Meine beste Freundin Inga hingegen fürchtet sich vor Schornsteinfegern: Sie sagt, wer so dunkel ist, kann gar kein Glück bringen – vielleicht hat sie Recht. Vielleicht liegt es auch daran, dass ihr Vater Schornsteinfeger ist. Bei mir ist es letztlich viel ernster: Ich habe Angst vor Friseurinnen. Für mich sind diese Menschen fast so schlimm wie der Weltuntergang, ja, ich gehe sogar so weit, dass ich behaupte, Friseurinnen werden die Welt zum Untergehen bringen.

Mein letzter Friseurbesuch liegt noch nicht lange zurück, was nur daran liegt, dass ich bis zur vergangenen Woche noch keine Angst davor hatte. Bislang dachte ich immer, dass diese Menschen nur ihre Arbeit machen, aber das stimmt nicht. Vielleicht öffne ich mit dieser Geschichte der Welt die Augen, und der Beruf stirbt schlagartig aus – so wie die Dinosaurier. Vielleicht stellt man ein Exemplar im Völkerkundemuseum aus, oder man übergibt es der NASA.

„Einmal kürzen, nur ein bisschen", sagte ich, als ich auf diesen Stuhl stieg, der mich immer an meinen Zahnarzt erinnert, weil ich auf fast dieselbe Art nach oben gepumpt werde.

„Sie sollten mal etwas aus ihren Haaren machen, eine Veränderung, das tut Ihrem Leben gut", erklärte die junge Frau hinter mir und sah mich lächelnd im Spiegel an.

„Was soll ich denn verändern?", fragte ich verwundert, denn ich habe nur noch wenig Haare. Eigentlich habe ich immer noch genauso viel Haare wie früher, nur dass sie sich jetzt anders verteilen: Mittlerweile habe ich mehr Haare in den Ohren und auf der Brust als auf dem Kopf, doch das ist vermutlich ein reines Männerproblem.

„Nun", antwortete sie gedehnt, „ich könnte Ihnen da etwas empfehlen, das sehr modern ist. Und es macht Sie jünger." Klasse! Ich
wollte schon immer mal durch einen Haarschnitt einen Zeitsprung
machen, in eine andere Dimension vordringen. Vermutlich sind die
Geschichten, in denen die Menschen von Außerirdischen entführt
werden, doch nur frei erfunden. Vermutlich sind es Friseurinnen, die
einem nachts heimlich einen neuen, frischen Haarschnitt verpassen. Oder alle Friseurinnen sind Außerirdische. Doch zu dem Zeitpunkt, als ich auf diesem Zahnarztstuhl beim Haarspezialisten saß,
dachte ich noch nicht an so etwas. Schade.

„Was genau haben Sie denn vor?", fragte ich sie, um mir ein
Bild machen zu können.

„Ganz einfach", entgegnete sie, „Hier hinten wird alles fein
gestuft, die Seiten werden ein bisschen angeschnitten, oben
schneiden wir ein paar Fransen hinein, und dann machen wir vielleicht noch ein paar Strähnchen. Wir könnten auch den Pony schräg
fallen lassen, das sieht dann ein wenig keck aus." Sie fuhr mir dabei
unkontrolliert durch die Haare, blieb mehrfach mit ihrem überdimen-
sionalen Totenkopfring hängen und zupfte mir kleine Büschel aus.

„Gehört das schon dazu?", erkundigte ich mich jammernd.

„Oh", sagte sie grinsend, „ich vergesse immer, dass ich diesen
Ring abnehmen muss. So kann man natürlich auch die Haare schneiden." Ja, natürlich, so ging es auch. Sie hätte auch eine Sense nehmen
können, oder ich hätte den Neffen meines Bekannten fragen können,
ob er mir mit einem gezielten Sturzflug seines Modellfliegers eine Fri-
sur verpassen kann. Das wäre sicher weniger schmerzhaft gewesen.

Wenn ich jetzt darüber nachdenke, dann kann ich mich nicht
erinnern, dass ich ihr die Erlaubnis gab, sich an meinen Haaren zu
vergreifen. Vielleicht sind Friseurinnen wirklich außerirdisch, und sie
hatte mich einer Gehirnwäsche unterzogen. Vielleicht sind aber
auch alle Frauen außerirdisch. Das würde zumindest erklären,
warum Männer und Frauen nicht zueinander passen.

In jedem Fall fing sie nun an, sich mit einem Schergerät an meinen Haaren zu schaffen zu machen. Hier und da ziepte es ein bisschen, das Gerät gab teilweise seltsame Laute von sich, die vermutlich daher rührten, dass meine Haare sich vehement dagegen wehr-
ten, geschnitten zu werden. Wenn ich versuchte, mich aus der
Gefahrenzone zu bringen, schob sie den Kopf mit der freien Hand
sofort wieder in die richtige Position. Vielleicht hatte sie auch zwei
freie Hände, das kann ich nicht mehr genau sagen – diesen Außerirdischen ist alles zuzutrauen.

Der ganze Akt geschah in einer haarsträubenden Geschwindigkeit – im wahrsten Sinne des Wortes –, denn durch die Fransen, die sie mir in mein schütteres Haar schnitt, standen die einzelnen Strähnen in alle Himmelsrichtungen ab. Ich sah aus wie eine multifunktionale Antenne – vielleicht war ich das auch. Vielleicht nahm dieses Wesen hinter mir durch mich Kontakt mit einem anderen Sonnensystem auf. Ich schloss die Augen und hoffte, dass ich es überleben würde.

„Fertig", lächelte sie schließlich, „Wenn Sie mal schauen wollen." Ehrlich gesagt, wollte ich nicht schauen, aber ich konnte mich nicht beherrschen. Das Wesen hinter mir schwenkte einen Spiegel und offenbarte so das Muster, das rundherum wie Runen in mein kurzgeschorenes Haar gefräst war. Keine Frage, ich war gezeichnet. Es konnte nur ein Traum sein. Oder die neue Folge von „Akte X", was weiß ich. Der Rest der Haare war nun teilweise rot oder blond gefärbt und stand noch immer in allen Himmelsrichtungen vom Kopf ab. „Sie haben wirklich wundervolle Haare", sagte sie begeistert, „mit denen kann man noch etwas anfangen. Mein Mann hat leider fast gar keine Haare mehr." Kein Wunder: Er wird sie sich heimlich ausgerissen haben.

Fensterputzen und Monsun

Ich gebe zu, dass ich oft aus dem Fenster sehe und meine Nachbarn beobachte. Das ist sicher nicht die feine Art, aber ich werde ja wohl noch aus dem Fenster schauen dürfen. Außerdem könnten meine Nachbarn ihre nudistischen Aktivitäten ja auch in ihr Wohnzimmer verlegen: Was kann ich dafür, dass ich aus meinem Zimmer im ersten Stock über den Wind- und Blickschutz hinwegsehen kann? Gar nichts! Und was kann ich dafür, wenn ich aus dem Fenster lehnend, mich an der davor stehenden Straßenlaterne abstützend, in das Schlafzimmer meiner alleinstehenden Nachbarin blicken kann? Gar nichts, zumal es auch immens gefährlich ist, sich so aus dem Fenster zu hängen, und ich manches Mal fast heruntergestürzt wäre. Aber ist es wichtig, über seine Nachbarn informiert zu sein: Ich stelle mir immer vor, die alleinstehende, junge Frau von nebenan stirbt an Herzversagen und niemand bemerkt es. Da ist es ganz gut, wenn man sich hin und wieder an der Regenrinne entlang hangelt, um einen Blick in die Räume zu werfen, um schließlich rechtzeitig den Leichenwagen zu rufen: Es reicht schon, dass es in meiner Wohnung nach Müll und verfaultem Käse riecht, dazu muss nicht noch der Gestank meiner eventuell verwesenden Nachbarin kommen. Aber darum geht es eigentlich auch gar nicht.

Es gibt verschiedene Meteorologen, Gelehrte, Landwirte, Besserwisser und andere weise Menschen, die sich mit der Vorhersage des Wetters beschäftigen. Für den Laien werden die angenehmen und gutes Wetter versprechenden Hochs mit Männernamen betitelt, die Tiefs, die das schlechte Wetter bringen, bekommen natürlich Frauennamen. Das ist logisch, weil das Wetter von Männern vorausgesagt wird und sie froh sind, wenn sie wenigstens einmal – nun, ich muss es nicht weiter ausformulieren.

Oft sind die Voraussagen der Wetterfrösche allerdings fehlerhaft: Der gemeine Mensch, der sich ob der Ankunft des Hochs „David" und der enthusiastischen Begeisterung des Mannes im Fernsehen, welcher von wolkenfreiem Himmel und Temperaturen von über 30 Grad spricht, in freudiger Erwartung mit Frau und Kind und Eimer und Schaufel zur Ostsee begibt, sieht sich dort getäuscht, weil es wie aus Kübeln schüttet. Das ist insofern ärgerlich, weil man sich schließlich extra einen Tag frei genommen hat, denn gutes Wetter findet nicht am Wochenende statt. Am Abend im Wetterbericht dann die Aufklärung: Das Hoch „David" konnte leider über Deutschland nicht Fuß fassen, wurde vom sich ausdehnenden Tiefausläufer „Brigitte" vertrieben. Jetzt folgt vom Meteorologen auf dem Bildschirm eine langatmige Erklärung, in der er die plötzlichen Westwinde für den überraschen Wetterwechsel verantwortlich macht. Humbug, alles Humbug: Das alles ist nicht wahr! Die wirkliche, echte und wahre Erklärung – ich habe in mühevoller Kleinarbeit ausgiebig recherchiert – entbehrt jedoch angeblich jeder wissenschaftlichen Grundlage und meine Bemühungen, die Wetterlaunen zu erklären, stoßen oft auf Ablehnung und Gelächter.

Es ist nämlich so: Nicht das Tief „Brigitte" vertreibt das Hoch „David", sondern „David" flüchtet und macht „Brigitte" Platz. Das ist aus dem Grund logisch, weil sich meine Nachbarin bei gutem Wetter ans Fensterputzen macht und ich noch keinen Mann gesehen habe, der eine solche Tätigkeit ausübt – das Hoch „David" macht da natürlich keine Ausnahme. In der Regel stürzen Sekunden, nachdem meine Nachbarin mit dem Putzen begonnen hat, monsunartige Regenfälle hernieder: „Brigitte" hilft beim Putzen mit, weil „David" kneift – es ist eben alles ganz logisch. Das Gleiche gilt natürlich auch für die Gartenarbeit, denn welcher Mann robbt schon gerne durch den Mutterboden und zupft Unkraut oder pflanzt Tulpen – das Hoch „David" sicher nicht. Eine bevorstehende Fahrradtour, das Waschen des Wagens, Rasenmähen oder ein Spaziergang – all das sind gute Gründe für einen Wetterwechsel: Männer haben zu solchen Dingen einfach keine Lust.

Um noch einmal auf mein Nachbarschaft zurückzukommen: Die freundliche junge Frau von nebenan putzt mittlerweile nur noch dann Fenster, wenn die Familie von gegenüber nackt im Garten liegt, ruft damit das nächstgelegene Tief auf den Plan, das gigantische Wassermassen mit sich führt. Regen ist auch mir ganz recht, denn die unförmigen Leiber sind mir immer ein Dorn im Auge, und ich kann kaum länger als eine halbe Stunde hinüber sehen. Zudem ist es außerordentlich possierlich zu beobachten, mit welcher Panik die vierköpfige Nudistenfamilie die Polster der Gartenstühle zusammenrafft und nach drinnen schafft, dabei auf den mit Sonnenöl gegerbten Fliesen mehrfach ausrutscht und der Vater fluchend und ungeschickt unter dem zusammengefalteten Sonnenschirm verschwindet, dessen Mechanismus so kompliziert sein muss wie der Zünder einer Atombombe.

Ich habe schon mehrfach bei führenden Meteorologen angefragt, ob es denn nicht möglich sei, die Benennung der Hochs und Tiefs zu ändern und erhalte in der Regel die Antwort, dass das nicht möglich sei, weil das eine internationale Sache sei und man das nicht von Land zu Land entscheiden könne. In Afrika gibt es keine Fensterscheiben und Fahrradtouren, in Florida herrscht ohnehin Ausnahmezustand – vermutlich werden deutsche Touristen nur wegen ihres Hanges zum Fensterputzen erschossen – und Italiener und Spanier sind zu faul. Deutschland leidet an seiner Reinlichkeit und niemand begreift es. Aber ich werde das ändern: Für das kommende Wochenende plane ich eine große Fahrradtour mit anschließendem Grillfest, werde spontan meine Fenster putzen und mit den Gästen gemeinsam im Garten arbeiten. Wenn alle Meteorologen ertrinken, werde ich mich beim Fernsehen bewerben und von meinen Nachbarn erzählen.

Frische Luft tut gut

Wenn ich mit dem Wagen zum Einkaufen fahre, dann sehe ich oft junge Männer am Straßenrand stehen, die mit einem mürrischen Gesicht ihren Daumen nach oben halten und hoffen, dass sie mitgenommen werden: Per Anhalter zu fahren, ist in der Provinz weit verbreitet, schließlich gibt es hier keine regelmäßig verkehrenden Busse oder U-Bahnen. Ich halte jedoch grundsätzlich nicht an, und das hat hauptsächlich zwei Gründe: Zum einen weiß man ja nie, ob dieser Kerl nicht irgendwelche Krankheiten mit sich trägt, zum anderen endet meine Fahrt in der Regel nur drei Straßen weiter. Genaugenommen gibt es noch einen dritten Grund: Mich hat früher auch niemand mitgenommen.

Mit dem Schulbus zu fahren, empfand ich stets als anstrengend: Die Kinder aus den jüngeren Klassen nervten mit ihrem Geschrei, und außerdem war es immer entsetzlich voll, Sitzplätze waren Mangelware. Zudem fuhr der Bus einen Umweg und hielt an jeder kleinen Haltestelle, so dass die Fahrt fast 45 Minuten dauerte – mit dem Wagen war man in zwanzig Minuten da. Die Entscheidung zu Trampen fiel deshalb leicht, vor allem weil ich als Mann sicher nicht das Opfer eines Verbrechens würde – die damals größte Sorge meiner Mutter. Der Bus zur ersten Stunde hielt in meinem kleinem Ort um kurz nach sieben, wenn ich trampte, dann konnte ich eine Viertelstunde länger schlafen. Da ich die Zeit im Bett gern bis zur letzten Sekunde auskostete, stand ich oft ungeduscht und ohne Frühstück an der Straße, die Augen noch vom Schlaf verklebt, die Haare in alle Himmelsrichtungen zu Berge stehend.

An diesem Morgen war es kalt, trübes Novemberwetter trug nicht gerade dazu bei, meine Laune zu heben, und ich kann auch nicht sagen, dass ich mich auf die Schule freute. Mit mürrischer Miene stellte ich mich an die Straße und hielt meine Hand den vorbeifahrenden Autos entgegen. In der Regel brauchte ich nicht lange zu warten, denn es waren genug Pendler unterwegs, die in Richtung meiner Schule fuhren. Tatsächlich dauerte es keine zwei Minuten, bis ein weißer Lieferwagen hielt: „Entschuldigung", sagte der Fahrer, „ich hab' mich verfahren und such' diese Adresse" und er hielt mir einen Zettel mit einem Straßennamen unter die Nase. Bemüht freundlich erklärte ich ihm den Weg, sah aus den Augenwinkeln Autos passieren: Der Fahrer des roten Kombis, der in diesem Moment vorbeizog, nahm mich morgens oft mit: Er winkte mir

freundlich zu und fuhr weiter, dachte wohl, ich hätte meine Mitfahr-
gelegenheit gefunden.

Es war vermutlich einfach nicht mein Tag: Ein roter Sportwagen
stoppte zwanzig Meter hinter mir, und ich nahm die Beine in die
Hand, um den Fahrer nicht warten zu lassen. Mich trennten vielleicht noch fünf Meter von dem Auto, da öffnete sich die Fahrertür
und ein Mann stieg mit einem Bündel Briefe aus, warf diese in den
gelben Postkasten. Schnaufend blieb ich stehen und überlegte, ob
ich ihn ansprechen sollte: Vielleicht fuhr er ja in meine Richtung und
nahm mich mit. „Hallo, fahren Sie zufällig nach Buchholz?", rief ich
ihm zu. Der Mann drehte sich nicht einmal zu mir um, sondern stieg
wieder in sein Auto und fuhr mit quietschenden Reifen weiter. Wahrscheinlich befand ich mich in einem anderen Raum-Zeit-Gefüge als
er – oder er war einfach nur ein arroganter Sack. Ich warf einen
Blick auf meine Uhr: Mittlerweile war es fünf nach halb acht, und in
zehn Minuten hielt in der Ortsmitte der Bus zur zweiten Stunde.
Doch für mich war es eine Frage der Ehre hierzubleiben: Lieber
käme ich gar nicht zur Schule, als in diesen Bus zu steigen.

Es begann zu regnen. Nicht dieser prasselnde, feste Nieder-
schlag, nein: Feiner Sprühregen nässte meine Kleidung, drang in
alle Körperöffnungen. Unbeirrt blieb ich stehen, starrte wütend auf
die Straße, verfluchte die Autofahrer, die allein in ihren Blechkisten
hockten, und zeigte einem Mann, der mich im Vorbeifahren hämisch
angrinste, den ausgestreckten Mittelfinger. Ich hörte, wie der
Wagen bremste und dann langsam rückwärts fuhr. Die nachfolgenden Fahrzeuge hupten und machten einen Bogen um ihn. Ich beobachtete ihn aus den Augenwinkeln, starrte weiter nach vorn. Als der
Wagen neben mir stand, ließ der Fahrer summend die Scheibe
nach unten gleiten und rief mir spöttisch zu: „Frische Luft tut gut,
junger Mann!" Ich wünschte dem Kerl die Pest an den Hals, eine
undichte Zylinderkopfdichtung und einen leeren Tank, aber er war
bereits ohne eine Antwort abzuwarten weitergefahren.

Der Schulbus zur „Zweiten" fuhr an mir vorbei. Jetzt wusste
jeder, dass ich mitgenommen aussah und mich deswegen niemand
mitnahm. Ich hatte das Gefühl, dass der Bus extra ein wenig langsamer an mir vorbeifuhr, so wie bei einer Stadtrundfahrt, und man
irgendeine Sehenswürdigkeit bestaunt. Ich hörte den Fahrer sagen:
„Zur rechten sehen Sie einen jungen Mann, der sich weigert, den
Schulbus zu benutzen, aber Sie sehen ja, was dabei heraus
kommt." Ich drehte mich nicht um, sah dem Bus nicht hinterher,
ersparte mir die Blicke der Knilche auf der letzten Bank. Wenn mich

jetzt ein Auto mitnähme, dann wäre ich nur zehn Minuten zu spät und wäre noch vor dem Bus in der Schule. Wenn...

Ein silberner, japanischer Kleinwagen trödelte auf mich zu und ich streckte trotzig meinen Daumen in die Luft. Ich erkannte durch die Windschutzscheibe ein ältere, weißhaarige Frau: Sie blinkte ordnungsgemäß, bremste vorsichtig, wurde langsamer, immer langsamer und kam direkt neben mir zum Stehen. Gut, mit dieser Fahrerin würde es nicht 20, sondern 30 Minuten zu Schule dauern, aber ich wollte nicht wählerisch sein. Voller Hoffnung öffnete ich die Wagentür, lächelte sie freundlich an und wollte gerade nach ihrem Fahrziel fragen, da hörte ich ihre etwas brüchige Stimme: „Mein Kind, ich wollte nur sagen, dass ich keine Anhalter mitnehme." Gegen die Weisheit der alten Menschen bin ich schon immer machtlos gewesen, meine schulische Laufbahn endete mangels geeigneter Fortbewegungsmittel an jenem Tag.

Sind Sie noch da?

Ich finde diese kleinen Dinger klasse: Da läuft man seelenruhig durch die Fußgängerzone, hat etwas in der Größe einer Fernbedienung in der Hand und telefoniert. Da kann ich zum Beispiel nachfragen, was ich eigentlich kaufen soll, wenn ich zum Gemüsehändler gehe. Und wenn es keine Strauchtomaten mehr gibt, dann rufe ich noch einmal zu Hause an und berate mit meiner Freundin, was ich denn statt dessen nehme. Vorbei ist die Zeit, in der ich ohne frische Zucchini, aber dafür mit Zitronen und Orangen im Korb zur Tür hereinkam. Endlich darf ich auch vergessen, welche Pizza am leckersten ist, denn ein Druck auf die Wahlwiederholung und schon erfahre ich, dass es natürlich die „Frutti di mare" ist, die am besten schmeckt. Was man nicht im Kopf hat, das hat man im Telefonhörer. Endlich muss ich nicht mehr mit Münzen in der Hand vor einer Zelle stehen und lesen, dass mit Telefonkarten alles einfacher ist. Doch die mobile Telefonitis hat auch ihre Tücken.

Es fing alles damit an, dass ich auf der Fahrt zu einem wichtigen Termin mein Handy zu Hause liegen ließ: Dies merkte ich jedoch erst, als ich auf der Autobahn im Stau stand. Auf der Autobahn ist Wenden jedoch nahezu unmöglich, jedenfalls nicht ohne im Verkehrsfunk erwähnt zu werden, und ich hatte keine Lust, einem Polizisten zu erklären, dass ich nur rasch mein Handy von zu Hause holen wollte. Zumal das Drehen auf einer dreispurig beparkten Autobahn allein schon technisch nicht machbar ist. Geduldig wartete ich, bis sich die Blechlawine weiterschob und verließ an der nächsten Ausfahrt die Betonpiste. Die Fahrt nach Hause entpuppte sich als munteres Vergnügen, denn ich kam angenehm zügig vorwärts und ich fragte mich, warum ich überhaupt mein Handy brauchte.

Nach halbstündiger, erfolgloser Telefonsuche in meiner Wohnung war ich drauf und dran, den Termin abzusagen, doch so leicht wollte ich mich nicht geschlagen geben. Ich benutzte mein normales Telefon und rief meine Freundin an: „Entschuldige, ich habe wenig Zeit: Kannst du mich mal eben auf dem Handy anrufen?"

„Warum", fragte sie verwundert, „was ist denn los?"

Ich hatte bereits meine genervte Grundhaltung eingenommen und polterte los: „Mensch, das ist doch egal warum! Ich finde dieses blöde Ding einfach nicht!"

Sie lachte und schien gar nicht mehr aufhören zu wollen: „Na, dann ruf Dich doch selbst an", prustete sie, „dafür brauchst du mich doch nicht." Wortlos legte ich auf. So weit war es nun schon mit mir gekommen: Ich hatte vollkommen den Überblick verloren und sah das Handy vor lauter Telefonen nicht.

Eine Minute später hatte ich per Eigenanruf mein Handy im Wäschekorb ausfindig gemacht: Die feuchte Sportkleidung hatte allerdings meinem kabellosen Freund übel mitgespielt und ihn mit einem miefigen Modergeruch überzogen – gut, ich wollte damit telefonieren und nicht den Düften von Herrn Lagerfeld Konkurrenz machen. Ich war endlich gewappnet für diesen wichtigen Termin, den ich immer noch absagen konnte, wenn sich der Stau auf der Autobahn nicht auflösen würde.

Fünfzehn Minuten darauf stand ich wieder auf der Dreispurigen und hatte das Gefühl, als könne sich der Gott des Verkehrstaus nicht entscheiden, ob er die Blechlawine in Bewegung oder zum Stillstand bringen wollte: Mal ging es einige hundert Meter vorwärts, dann war wieder für ein paar Minuten komplette Bewegungslosigkeit angesagt. Doch für diesen Fall war ich ja nun bestens gerüstet: Mit souveränem Lächeln zückte ich mein Handy und sah gelangweilt zu dem Wagen neben mir herüber, dessen Fahrer wohl ohne Telefon unterwegs war. „Armer Kerl", dachte ich spöttisch und suchte in meinem Telefonspeicher nach der Nummer des Mannes, der nun schon seit einer halben Sunde auf mich wartete. Ich suchte vergeblich, denn wie mir siedendheiß einfiel, hatte ich seine Nummer auf einem Zettel notiert, der nun in seiner ganzen Unschuld auf meinem chaotisch verwüsteten Schreibtisch lag.

Wahrscheinlich befand sich mein Intelligenzquotient noch unter dem von Verona Feldbusch, denn ich konnte mich spontan nicht einmal mehr an die Nummer der Auskunft erinnern. Nachdem ich sämtliche Eselsbrücken der Werbekampagne im Geiste durchgegangen war, kam ich doch noch auf die richtige Zahlenkombination: Der Lichtstreif am Horizont war deutlich sichtbar!

„Schönen guten Tag, mein Name ist Wagenknecht: Was kann ich für sie tun?", schnurrte die Dame am anderen Ende der Leitung herunter. „Guten Tag", antwortete ich höflich, „ich suche eine Telefonnummer in Hamburg."

Es knisterte und ein Meer von Rückkopplungen brach in mein Ohr. „In Hamburg?", echote sie, „es tut mir leid, aber ich kann sie ganz schlecht verstehen."

Ich seufzte: „Ja, in Hamburg" und ich fügte erklärend hinzu: „Ich spreche von einem Handy aus."

Eine Weile war es still, dann hörte ich wieder ein Knistern:

Sind sie noch da?

„Hallo", fragte ich, „sind Sie noch da?" Vom anderen Ende kam die Antwort der freundlichen Stimme: „Hallo? Sind Sie noch da? Ich kann Sie nicht verstehen..."

„Ja", schrie ich, „wo soll ich denn hin? ...." Doch weiter kam ich nicht, denn die verbindliche Computerstimme unterbrach mich: „Ihre Verbindung wurde unterbrochen – bitte versuchen Sie es später noch einmal..."

Ich habe das Handy zu einem sehr günstigen Preis dem Mann im Wagen neben mir verkauft, der sich unglaublich darüber freute: Wahrscheinlich glaubte er, ein Schnäppchen gemacht zu haben. Aber der lachende Dritte bin ich, denn von dem Erlös habe ich mir eine Telefonkarte gekauft – jetzt muss ich nur noch eine Telefonzelle finden.

Irrtümer vorbehalten

Es gibt Dinge, die schätzt man vollkommen falsch ein. Mich beurteilen die meisten Menschen als verwegen und draufgängerisch. Man hat mir sogar einmal angedichtet, ich nähme Drogen. Nun, wenn Schokolade eine Droge ist, dann bekenne ich mich und gründe eine Selbsthilfegruppe. Die Menschen denken auch, nur weil ich Jeans trage, müsste ich sportlich sein. Und wenn mir die Haare ausgehen, dann bin ich eher ein Denker. Ohne Brille. Ein sportlicher, drogensüchtiger Denker, der kein Geld für neue Schuhe hat. Dabei versuche ich, meinen Haarausfall geschickt zu kaschieren, indem ich Kopftücher trage. So wie ein Pirat. Aber deswegen raube ich keine Schiffe aus. Oder habe einen Schatz im Keller. Ich bin ein gesetzestreuer Bürger und fahre mit meiner Kogge, nein, mit meinem Auto auch nicht schneller als erlaubt. Ich bin eigentlich ein Fahrer mit Hut, nur, dass ich keinen trage.

Es war an einem dieser trüben Tage, an denen man nicht daran glaubt, dass Gott die Sonne erschaffen hat. Aber mir macht so etwas grundsätzlich nichts aus, vor allem dann nicht, wenn ich klassische Musik im Auto höre. Peer Gynt, Morgenstimmung. Ich bin ein ziemlich guter Dirigent. Im Auto. An diesem Tag war ich brillant, denn aus den entgegenkommenden Fahrzeugen winkte man mir heftig zu. Eine angenehme Art der Beifallsbekundung. Das fand ich wirklich und manchmal streute ich in mein Dirigieren ein Winken ein, das natürlich ebenfalls sehr elegant aussah. Karajan hätte es nicht besser machen können. Als ich auf der rechten Straßenseite einen dunklen Kombi parken sah, ahnte ich noch nichts.

Es blitzte, und ich war mir sicher, dass es kein Gewitter war. So blöd ist nur meine Nachbarin, und die würde es nie zugeben. Ich auch nicht. Mit einem Seitenblick erkannte ich in dem parkenden Kombi zwei Männer in grünen Uniformen, und ich sah hektisch auf den Tacho. Nein, das konnte nicht sein: Meine Geschwindigkeit betrug maximal 30, vielleicht eben 40 Kilometer pro Stunde. Viel schneller fährt kein Dirigent durch eine Siebzig-Zone. Auch nicht ohne Hut. Natürlich, irgend etwas musste an der Blitzanlage defekt sein, vielleicht ein Bedienungsfehler, denn an meiner Geschwindigkeit konnte es nicht gelegen haben. Zumindest hatte ich noch nie gehört, dass man zu langsame Fahrer ebenfalls kontrolliert.

Ich warf einen Blick in den Rückspiegel und vergewisserte mich noch einmal, dass die beiden Männer wirklich von der Polizei und keine Forstbeamten waren. Im anderen Fall wäre ein Gewitter dann doch wahrscheinlich gewesen.

Ich fasste einen aberwitzigen Entschluss: Ich wollte an den Gesetzeshütern ein Exempel statuieren. Wieviele unschuldige Bürger mussten an diesem Tag Opfer der defekten Blitzanlage geworden sein? Und sie alle waren der Meinung, dass sie zu schnell gewesen waren. Nun, in meinem Fall konnte das nicht sein, da war ich mir sicher. Ein paar hundert Meter weiter wendete ich den Wagen und fuhr wieder zurück. Bei einem zweiten Versuch, einem zweiten Passieren der Anlage, würde sich dann ja herausstellen, wer oder was fehlerhaft war. Sicher war nur eines: Ich fahre und fuhr nie zu schnell.

Ich rollte wieder auf den Kombi zu und beschleunigte, so dass ich fast siebzig fuhr. Mir war das ja im Grunde genommen zu schnell, aber das war die hier zulässige Geschwindigkeit. Ich hörte auf zu dirigieren, legte beide Hände auf das Lenkrad und machte ein ernstes Gesicht. Wieder blitzte es. Kein Gewitter. Definitiv. Aber aus den Augenwinkeln konnte ich beim Vorbeifahren im Kombi zwei grinsende Männer in Uniformen sehen. Hämisch ginsend. Nun bin ich nicht unbedingt streitlustig, jedenfalls nicht, wenn ich klassische Musik im Auto höre, aber in diesem Fall ging es eindeutig zu weit. Meine Geschwindigkeit war absolut in Ordnung gewesen, die Anlage war defekt, soviel war klar.

Ich wendete meinen Wagen erneut, nahm das Kopftuch ab und fuhr ein drittes Mal auf den Kombi zu. Ganz langsam. Es dauerte eine ganze Weile. Ein freundlicher alter Herr, der einen Waldspaziergang machte, bot mir sogar an, den Wagen zu schieben, falls ich es nicht bis zur nächsten Tankstelle schaffen würde. So etwas passiert mir häufig, vermutlich sehe ich sehr hilfsbedürftig aus. Oder mein Wagen.

Just in dem Moment, als ich geblitzt wurde, musste ich unwillkürlich niesen. Das passiert immer, wenn ich etwas Unrechtes tue, doch in diesem Fall war ich mir keiner Schuld bewusst, ich war definitiv unschuldig. Und ich war davon überzeugt – wer wäre das nicht gewesen? Nun, ich hatte Zeit, und ich machte meinen Feldversuch mit der fehlerhaften Geschwindigkeitsmessanlage noch ein paar Mal. Bei den letzten drei Durchgängen winkte ich den Uniformierten im Kombi noch freundlich zu. Sie sollten sich in jedem Fall an mich erinnern. Sie winkten auch freundlich lachend zurück. Die Polizei, dein Freund und Helfer. Mit einem kaputten Blitzgerät. Insgeheim freute ich mich schon auf die Flut von Strafmandaten, die auf mich einstürzen würde. Der Vater meiner besten Freundin Inga ist Anwalt – muss ich mehr sagen? Ich war mir sicher, jeden Prozess der Welt zu gewinnen. Dabei hatte Ingas Vater noch nie Erfolg gehabt, es würde auch für ihn ein Triumphzug werden. Meine Mission zur Rettung der vorsichtigen Fahrer ohne Hut wurde wichtiger als die Kreuzzüge.

Es vergingen Tage, ja, Wochen, und ich bekam keine Post. Ich nahm bereits an, dass die Herren ihren Irrtum bemerkt und nun jegliche Messungen an diesem speziellen Tag für ungültig erklärt hatten. Ingas Vater war derselben Meinung, wenngleich er ein wenig enttäuscht war. Es hätte sein Durchbruch werden können. Ja, es hätte alles so schön werden können.

Viereinhalb Wochen später bekam ich Post, einen ziemlich dicken Umschlag und zunächst dachte ich – ach nein, das ist nicht so wichtig. Es war von der Staatsanwaltschaft, wie ich am Absender feststellen konnte. Siegessicher öffnete ich den Umschlag: Zunächst fielen mir ungefähr 30 Photos entgegen, auf denen ich mit dem Wagen zu sehen war. Auf einem kleinen Feld war auch die Geschwindigkeit eingeblendet. Die korrekte Geschwindigkeit, wie ich unschwer erkannte. Mein Vergehen wurde hingegen ungefähr wie folgt betitelt:

„Wegen des nachfolgenden Verstoßes gegen die Straßenverkehrsordnung zahlen Sie ein Zwangsgeld in Höhe von 40 Euro." Eine Zeile weiter: „Missachten der Gurtpflicht."

Einige der Photos waren als Passbilder zu gebrauchen. Viel billiger bekommt man die auch nicht.

Es ist eine Krankheit

Ich bin ein sehr redseliger Mensch, liebe es zu diskutieren und wichtige politische Themen zu erörtern, und ich kann auch sehr witzig und geistreich sein. Leider ist das nicht so, wenn ich in Gesellschaft bin. Leider, denn ich sitze dann in der Regel in einer Ecke, nippe vorsichtig an einem nicht alkoholischen Getränk und versuche, den Gesprächen zu folgen. Zwei Tage später fallen mir dann immer eminent witzige, geistreiche und intelligente Kommentare ein, die ich wirklich toll finde, die aber für niemanden mehr zugänglich sind. Ich habe sie alle aufgeschrieben und werde irgendwann ein Buch mit dem Titel „Was die Welt verpasste" herausbringen, aber auch das wird vermutlich zu spät erscheinen. Vielleicht sollte ich im Allgemeinen ein wenig mehr auf Pünktlichkeit achten, aber das ist nicht so einfach. Insbesondere dann, wenn ich meinen Schlüssel suche.

Wenn ich irgendwo eingeladen bin, dann setze ich alles daran, rechtzeitig zu erscheinen. Für ein Abendessen beispielsweise bereite ich mich schon kurz nach dem Aufstehen vor, stelle im Geist meine Kleidung zusammen, damit später, wenn die Zeit knapp wird, alles bereit liegt und ich nur noch hinein zu schlüpfen und loszufahren brauche. Aber dann suche ich meinen Schlüssel, der nie da ist, wo ich ihn hingelegt habe. Es ist eine Krankheit, ganz sicher. Vielleicht ist es aber auch so, wie meine beste Freundin Inga sagt: „Du musst Dich einfach besser organisieren." Sie hat leicht reden, sie kommt immer pünktlich. Sie fährt um zehn nach acht los und kommt dennoch rechtzeitig um acht im Kino an. Sie kennt das Problem mit dem Schlüssel nicht. Ich hingegen mache mich schon um sieben Uhr auf dem Weg, suche bis acht den Schüssel und komme erst um kurz nach neun an. Und wenn ich es doch bis acht Uhr schaffe, dann bin ich sicher einen ganzen Tag zu spät. Alles nur wegen dieses Schlüssels. Inga hat bislang immer behauptet, ich mache es mit Absicht – bis sie eines besseren belehrt wurde. Und ich sage noch immer: Es ist eine Krankheit.

„Holst du mich ab?", fragte ich sie, als wir gemeinsam in die Oper wollten, „Ich weiß nicht, wo das Opernhaus ist und außerdem komme ich mit Dir bestimmt pünktlich."

„Oder wir kommen Deinetwegen zu spät."

Ingas Logik gleicht der von Sherlock Holmes, und ihre Behauptung war nicht so einfach zu widerlegen: „Lass es uns wenigstens versuchen."

Es ist eine Krankheit

„Toll", murmelte Inga, „ich verpasse bestimmt die Vorstellung."

Irgendwie ahnte ich, dass sie Recht hatte. Aber es gibt Tage, da weiß man was passieren wird, und kann es nicht aufhalten. So wie neulich, als ich eine Zapfsäule von der Tankstelle vierzehn Meter mit mir schleifte, weil ich vergessen hatte, den Hahn aus der Tanköffnung zu ziehen. Immerhin habe ich bezahlt. Die Zapfsäule auch. Und meine Verabredung hat mir nichts davon geglaubt, nicht einmal die Geschichte mit dem Schlüssel.

Die Vorstellung, die wir besuchen wollten und zu der Inga bereits Karten gekauft hatte, begann um 19.30 Uhr. Sie klingelte, als ich gerade im Badezimmer war und mich abtrocknete. „Du bist viel zu früh", rief ich ihr aus dem Badezimmerfenster zu, es ist frühestens halb vier." Tatsächlich war es bereits kurz nach sechs: In diesem Land kann man nicht einmal an der Sonne ablesen, wie spät es ist. Jedenfalls nicht tagsüber, denn die Sonne scheint ohnehin nicht. Zudem ist mein Badezimmerfenster so schmutzig, dass ich einen Steinmetz kommen lassen muss, um es zu reinigen.

„Wir brauchen eine gute Stunde, bis wir da sind und einen Parkplatz gefunden haben: du musst Dich also beeilen", murrte Inga, als ich sie im Bademantel empfing.

„Oh, keine Sorge. Ich bin gleich fertig."

„Und denk an Deinen Schlüssel", rief sie mir hinterher, als ich im Schlafzimmer verschwand. Ich steckte meinen Kopf aus der Tür: „In dieser Hinsicht habe ich noch eine Überraschung parat."

„Ich hasse deine Überraschungen", seufzte Inga. Das empfand ich als ungerecht, denn meine Ideen, meine Überraschungen sind durchweg zum Wohl der Menschheit. vor allem zu meinem eigenen.

„Es ist ganz einfach", erklärte ich, als ich fertig angezogen aus dem Schlafzimmer sprang, „Pass auf!" Pfeifend schlich ich durch das Wohnzimmer, dicht gefolgt von der irritiert drein blickenden Inga.

„Was tust Du?"

„Ich suche meinen Schlüssel."

„Glaubst du er kommt, wenn du pfeifst?"

„Ich", erklärte ich feierlich, „habe mir so einen Schlüsselpieper gekauft, damit ich nicht mehr suchen muss." Das „Aha", das Inga nun murmelte, klang ein wenig skeptisch. Sie hat einfach kein Vertrauen in die moderne Technik. Sie lehnt auch beharrlich meinen automatischen Entsafter ab. Nur weil er einmal ihre Hand verletzt hat. Dabei war es meine Schuld, denn ich hatte ihn zwischenzeitlich als Bohrmaschine benutzt, das Unternehmen aber abgebrochen, weil das Gerät nicht durch Wände bohrt. Ein piepsender Schlüsselfinder war da doch wesentlich friedfertiger.

Ich pfiff in allen möglichen Frequenzen. „Wir können uns die Oper sparen", meinte Inga nach ein paar Minuten, „Dein Gepfeife ist künstlerisch wertvoller."

„Findest Du?", fragte ich sie voller Stolz.

„Nein, ich finde, dass du jetzt den Schlüssel findest." Das wollte ich auch, aber ich fand die Frequenz einfach nicht, auf der das Gerät antwortete, ich fand gar nichts.

„Vielleicht hast du es ausgeschaltet?", seufzte Inga, doch das war ausgeschlossen.

„Ich bin mir sicher, dass er hier liegt. Ich bin ja reingekommen, dann muss der Schlüssel doch irgendwo sein. Außerdem ist der Piepser so groß, dass man ihn nicht übersehen kann – er muss hier irgendwo sein."

Inga baute sich vor mir auf: „Ich werde die Oper nicht verpassen, ich fahre jetzt los, kommst du mit oder nicht?"

„Aber dann komme ich nicht wieder rein."

„Irgend jemand wird doch einen Schlüssel haben."

„Meine Mutter..."

„Also: auf geht's."

Es war ein Kompromiss, ich bin zu so etwas immer bereit: Ich wollte bei Inga schlafen und morgen den Schlüssel von meinen Eltern holen, um dann meinen Schlüssel zu suchen. Mit dem Piepser. Irgendwo musste das Ding ja sein. Wir standen schon an Ingas Wagen, als es mir einfiel: „Jetzt weiß ich: Er liegt im Schlafzimmer, er konnte gar nicht antworten, beziehungsweise piepsen."

„Jetzt ist es zu spät!", meckerte Inga, „los, ins Auto." Nervös fingerte sie in ihrer Handtasche herum: „Hast du meinen Schlüssel?" Meine Krankheit ist ansteckend, definitiv.

Filmreifes Silvester

Ich unterstütze die Aktion „Brot statt Böller", auch wenn Brot den Abendhimmel nicht bunter macht und nicht knallt, wenn man es anzündet, aber ich habe nun mal ein echtes Problem mit Feuerwerkskörpern. Das liegt zum einen daran, dass die Menschen immer über mich lachten, wenn ich – streng nach Gebrauchsanweisung – den Böller auf den Boden legte und mich dann rasch entfernte, zum anderen bin ich ein wenig langsam und mitunter erwischte mich ein Teil des explodierenden Schwarzpulvers, noch während ich mich rasch entfernte. Vielleicht war ich nicht rasch genug, vielleicht hätte ich auch schon gehen müssen, bevor die Lunte abgebrannt war – ich habe von solchen Dingen keine Ahnung. Beim Abfeuern von Raketen hatte ich ebenfalls meine Probleme, denn aufgestellte Sektflaschen kippten bei mir immer im letzten Moment um, und meine gute Idee, die Flaschen einzugraben, wurde jedes Mal vom hartgefrorenen Boden zunichte gemacht. Als es mal ein wenig wärmer war, feierte ich in der Hamburger Innenstadt und wurde von der Polizei beim Arretieren der Flaschen im Erdboden jäh unterbrochen: Angeblich bedürfen faustgroße Löcher im Straßenasphalt einer kostspieligen Reparatur. Dabei kam die Renovierung des gegenüberliegenden Tabakwarenladens letztlich viel teurer, denn meine Rakete „Wunderstern" landete dank der mangelnden Standfestigkeit der Sektflasche in der Auslage des Ladens, was nun wieder bei vielen Silvester-Feiernden ob des gewaltigen Knalleffektes eine Menge „Ohs" und „Ahs" auslöste. Es war so ähnlich wie die Anfangsszene aus „Der Partyschreck" mit Peter Sellers. Wirklich sehr komisch.

Meine beste Freundin Inga ist hingegen eine wahre Expertin, was das Silvesterfeuerwerk anbelangt: Sie wirft die Böller gezielt durch die Luft, wo sie auch explodieren, und startet ihre Raketen aus halbvollen Sektflaschen, weshalb diese nicht umkippen und Inga immer nüchtern bleibt. Sie ist auch der einzige Mensch, der die Knallbonbons einhändig öffnen kann und ist ungeschlagene Meisterin im Öffnen fremder Briefkästen mit den sogenannten D-Böllern. Aber Inga ist auch ein wenig übereifrig, was die Knallerei anbelangt, so wie Sylvester Stallone in den Rambo-Filmen – ein Böller muss explodieren.

Im vergangenen Jahr warteten Inga und ich in angemessener Entfernung vor einem Schneehaufen. „Ist aus, ganz sicher", sagte sie voller Überzeugung.

„Ich wäre da vorsichtig, es kann ja auch mal länger dauern."

„Fünf Minuten?"

„Naja, was weiß ich, wie lange so was dauert."

„Egal, so lange braucht keine Lunte zum Abbrennen. Ich geh' jetzt gucken." Sie hatte einen sogenannten „Bienenkorb" in einer Schneewehe placiert, und wir harrten nun des Donnerhalls, den dieser gewaltige Böller versprach. Außerdem sollte der riesige Schneehaufen dem Erdboden gleichgemacht werden. So wie in dem Karl-May-Film mit Lex Barker und Pierre Brice, wo sie ein riesiges Loch in den Berg sprengen, um an das Gold zu kommen.

„Warte mal, geh noch nicht. Diese Dinger sind ziemlich gefährlich", mahnte ich sie.

„Sie sind nur gefährlich, wenn sie explodieren. Dieser tut es nicht."

Ich räusperte mich: „Aber du hast ihn doch angezündet."

„Dann ist es eben ein Blindgänger."

„Die sind erst richtig gefährlich. Im Zweiten Weltkrieg...."

„Es ist Silvester, wir haben keinen Krieg", unterbrach sie mich genervt.

„Aber das Geballere hört sich ein bisschen wie Krieg an", gab ich zu bedenken. Doch auf diese Bemerkung ging sie nicht ein.

„Ich werfe noch einen in das Loch, vielleicht explodieren dann beide."

„Wahrscheinlich du gleich mit."

„Blödsinn, ich esse doch kein Schwarzpulver." Nein, das tat Inga wirklich nicht. Es war aussichtslos, mit ihr über so etwas zu diskutieren, aber ich startete noch einen Versuch: „Wir können doch so tun, als ob er explodiert wäre und knallen woanders weiter."

Sie sah mich mitleidig an: „Das ist ein Bienenkorb, ein großer Bienenkorb, weiß du was der kostet?"

„Vermutlich mehr als ein großes Feinbrot", murmelte ich verlegen.

„Mehr als das, und deshalb muss der explodieren. Der muss so zuverlässig sein wie ein Mercedes." Nun, ich habe wirklich keine Ahnung von Feuerwerk, aber die Namen der Böller klingen immer schön.

„Also jetzt warte noch ein bisschen ab, bevor es ins Auge geht."

„Wie lange? Eine Stunde? In zehn Minuten ist es Mitternacht!", meckerte sie.

Aber ich ließ mich nicht beirren: „Wenn es noch gar nicht 12 Uhr ist, dann braucht er ja auch gar nicht zu explodieren. Vielleicht ist da ja auch ein Zeitzünder eingebaut, so etwas gibt es ja oft beim Sprengstoff. In dem Film mit Steve McQueen war..."

Inga hörte mir nicht zu, das war nicht zu übersehen: Sie hielt sich mit ihren Fingerhandschuhen die Ohren zu und sang „Glory Glory Hallelujah". Die letzten Takte summte ich sogar mit, denn ich singe ganz gern mal. Gerade am Silvesterabend. Als sie die Hände wieder von den Ohren nahm, legte sie sofort den Finger auf den Mund und bedeutete mir zu schweigen.

„Ich werde jetzt nach dem Bienenkorb sehen, und du hältst die Klappe." Zum einen war ich ein wenig pikiert über Ingas Tonfall, zum anderen fand ich es schade, dass wir nicht weitersangen.

Wie ein Jäger auf der Pirsch schlich sie auf Zehenspitzen zu der Schneewehe. Ich rechnete jede Sekunde mit einem ohrenbetäubenden Knall. Inga schien es ähnlich zu gehen, denn als ich halblaut „Bumm" sagte, zuckte sie merklich zusammen.

„So witzig ist das nicht", fuhr sie mich genervt an, als ich leise kicherte.

„Vielleicht hattest du den Sprengsatz auch gar nicht entsichert. In dem Film mit Gregory Peck mussten sie immer mit den Zähnen so einen Stift aus der Grana...."

„Halt jetzt die Klappe, wir haben Silvester und spielen nicht in einem Film mit."

Als der Bienenkorb explodierte, stand sie genau vor der Schneewehe und linste mit einem Auge in das Loch, in dem der Böller steckte. Doch die Sprengkraft war bei weitem nicht so verheerend, wie ich befürchtet hatte: Inga überlebte die Detonation, und ich besuchte sie noch am Neujahrsmorgen auf Station G. Als ich sie so liegen sah, erinnerte es mich ein wenig an eine Folge von „Die Straßen von San Francisco", in der Telly Savallas gehörlos im Krankenhaus liegt. Vielleicht war das die Silvestersendung.

Das Lied kennen Sie doch, oder?

Ich werde alt, fange schon an so zu reden wie meine Großeltern: Kürzlich ertappte ich mich bei dem Satz: „Früher war alles besser." War es aber auch! Es gab nur drei Fernsehprogramme und wenn der Wind günstig stand, dann bekam ich mit meinem Schwarzweißfernseher auch noch das DDR-Programm, keine endlosen Zappereien durch die Vielfalt des Fernsehens – meine Kiste hatte nicht einmal eine Fernbedienung. Und es gab nur einen echten Radiosender: NDR 2. Wenn dann mittags die „Plattenkiste" oder abends „Der Club" lief, dann sagte der Moderator brav und artig die kommenden Lieder an oder – was noch besser war – sie machten es hinterher. So konnte ich mir immer aufschreiben, welches Stück ich gerne mochte und dann in den Plattenladen gehen – ja, CD's gab es auch nicht – und dem Verkäufer vorsingen, welches Lied ich suchte, weil ich mal wieder den Zettel verloren hatte. Aber damals waren die Verkäufer noch echte Fachleute, die jedes Stück schon erkannten, wenn man nur die ersten Takte summte. Heute sagen sie im Radio nicht einmal mehr, wie das Lied heißt, und die Elektrogeschäftfachberater – so heißen Verkäufer heute wohl – haben auch keine Ahnung. Ich sag's ja: Früher war alles besser.

Ich höre heute auch nur noch ganz selten Radio, denn es gibt viel häufiger Verkehrsfunk als früher – klar, es gibt ja mehr Autos. Immer wenn ein gutes Lied im Radio läuft, eines aus den guten, alten Zeit, dann kommt bestimmt eine Staumeldung oder irgendein Verkehrsanfänger fährt in der falschen Richtung auf der Autobahn. In solchen Momenten frage ich mich immer, ob die das mit Absicht machen, die Geisterfahrer, die Leute im Stau und die Typen im Radio, nur um mich um den Genuss meines Liedes zu bringen. Nein, das ist sicher absurd. In jedem Fall hörte ich gestern im Autoradio einen tolles Lied: Leider war es in englischer Sprache, ich habe kein Wort verstanden und der Moderator kam seiner Pflicht nicht nach und verriet auch nicht den Namen des Stückes – früher gab es nur deutsche Lieder. Glaube ich.

Ich versuchte, mir zumindest die Melodie zu merken, und lenkte mein Ohrenmerk auf den Refrain, der ja bekanntlich am markantesten sein sollte. Mit diesem Wissen würde ich sicher irgendwo im Handel diese CD erstehen können – hoffentlich. Ich summte die ganze Zeit das Lied vor mich hin und fuhr auf dem direkten Weg zu einem Elektrogeschäft, dessen Namen ich aus Gründen der Diskretion nicht nennen möchte. Außerdem haben es die Leute bei Schauland nicht so gerne, wenn man schlecht über sie redet. Zum Glück fand ich schnell einen Parkplatz und trotz des permanenten, konzentrierten Summens brachte ich meinen Wagen unversehrt in einer Lücke unter. Wie eine Biene summte ich weiter vor mich hin, stieg aus, schloss das Auto ab und betrat – noch immer summend – das Geschäft. Leider sind die Räumlichkeiten dort sehr unübersichtlich und ich fragte eine junge Dame, auf deren Namensschild „Frau Wieczorek" stand: „Ich suche die CD-Abteilung, wo finde ich die?" Das hätte ich nicht tun sollen: Zwar erklärte mir die freundliche Frau Wieczorek umgehend den Weg zu den digitalen Silberlingen, doch durch die Frage hatte ich aufgehört zu Summen – ein fataler Fehler, wie sich bald herausstellen sollte.

Die Musikabteilung dieses Hauses ist groß, viel zu groß. Früher gab es kleine, überschaubare Läden, in denen ausgeflippte Typen mit Totenkopfringen und großen Ohrringen herumliefen. Heute haben die Männer alle kurze Haare und so komische sackartige Hosen, alles ist furchtbar bunt und grell, dass ich gar nicht mehr weiß, wohin ich sehen soll: Früher war alles... ach, egal.

Ich ging auf einen jungen Mann zu, der ein Namensschild auf der Brusttasche trug: „Entschuldigung, ich suche ein Lied, können Sie mir helfen?"

Der Mann sah mich notdürftig freundlich an: „Ja, wie heißt denn das Lied?"

Ich kratzte mich verlegen am Kopf und suchte nach Worten: „Nun, ich, also: Das weiß ich nicht so genau. Ich habe es gerade im Radio gehört und es wird bestimmt ein Hit – wenn es nicht schon einer ist."

„Aha", murmelte der Verkäufer und runzelte die Stirn, „wie soll ich Ihnen denn nun helfen?"

Ich räusperte mich vorsichtig: „Sie haben nicht zufällig gerade Radio gehört?", doch an dem verständnislosem Blick des Verkäufers erkannte ich, dass ich die Sache anders angehen musste – schließlich hatte ich ja noch ein As im Ärmel: „Ich könnte es Ihnen vorsingen", erklärte ich triumphierend und strahlte über das ganze Gesicht.

„Oh", war der einzige Kommentar des jungen Mannes.

„Naja", sagte ich, „es ist eher Summen – aber Sie erkennen es bestimmt." Und dann summte ich, so gut ich konnte.

Der Verkäufer unterhielt sich noch rasch mit jemand anderem, eher er sich wieder mir und meinem Summen widmete: „Nein, das kenne ich nicht" und ich glaubte, einen genervten Unterton zu hören.

Das Lied kennen Sie doch, oder?

„Warten Sie", beeilte ich mich zu sagen, „das Schlagzeug geht ungefähr so: Ticketicke bumm tah bumm bumm tah ticketicke...." – und ich trommelte mit meinen Händen auf dem CD-Regal herum – immerhin war der Verkäufer so freundlich, mir beim Aufheben der dadurch heruntergefallenen Plastikhüllen zu helfen, und als alles wieder am rechten Platz war, seufzte er: „Nein, das kenne ich nicht."

Ich startete einen letzten, verzweifelten Versuch: „Da sind auch Gitarren drin, die klingen so wie in diesem anderen Lied, das von dieser amerikanischen Band, wo der Sänger gestorben ist – das müssen sie doch kennen, das kennt doch jeder! Meine Oma mag es zum Beispiel nicht..."

„Nein", antwortete der Verkäufer gereizt, „das kenne ich auch nicht und ich kenne auch nicht ihre Großmutter."

Ich verschränkte nun spöttisch die Arme vor der Brust: „Wie sind Sie eigentlich dazu gekommen, hier zu arbeiten?", fuhr ich ihn an und schürzte verächtlich die Lippen.

Fassungslos sah mich der junge Mann an: „Ich habe gerade Mittagspause und bin Kunde hier..." Tatsächlich: Auf dem unteren Rand seines Schildes an der Brusttasche war ganz klein zu lesen: „Alles in OBI". Ich glaube, ich werde alt und brauche ein Brille.

Das pralle Leben

Ich muss zugeben, dass es mir peinlich ist, aber es stimmt dennoch: Ich habe keinen Fernseher. Das mag viele Menschen erstaunen und sie werden sich fragen, was ich denn die ganze Zeit so mache. Ehrlich gesagt, weiß ich das auch nicht genau, auf jeden Fall sehe ich nicht fern. Das heißt aber nicht, dass ich das Medium boykottiere, im Gegenteil: Wenn ich irgendwo zu Besuch bin und dort der Fernseher läuft, dann kann ich meine Augen nicht abwenden und starre immerzu auf die Flimmerkiste. Besonders spannend finde ich es, mir Musik anzusehen, denn wenn man den Ton ausschaltet, dann kann man trotzdem mitsingen, weil man ja sieht, wann der Sänger den Mund aufmacht und alle merken, dass man gar nicht singen kann. Das klingt dann zwar furchtbar, aber alle wissen, dass man das Lied kennt. Doch das Schönste am Fernsehen sind die Serien.

Kürzlich telefonierte ich mit meiner guten Freundin Inga, die mich irgendwann im Laufe des Gesprächs fragte: „Sag mal, weißt du wie spät es ist?" Souverän blickte ich auf meine große Funkuhr, die fast so schön wie ein Fernseher ist, und sagte: „Beim nächsten Ton ist es achtzehn Uhr, zweiunddreißig Minuten und zwan..."

„Mist", unterbrach sie mich, „die Lindenstraße: Lass uns aufhören, ja?"

Ich war ziemlich irritiert: „Was ist denn in der Lindenstraße? Musst du jemanden abholen?"

„Quatsch", fuhr sie mich an, „....ach... vergiss es, du hast ja keinen Fernseher." Sie seufzte kurz über meine Unkenntnis: „Lindenstraße ist eine Serie, die jetzt gleich anfängt – können wir jetzt aufhören zu telefonieren?"

Ich bin unendlich neugierig und auch in diesem Fall packte sie mich beim Schopf und brachte mich in eine – wie sich später herausstellte – schwierige Situation: „Sag mal", fragte ich vorsichtig, „hättest du was dagegen, wenn ich vorbeikomme und mitgucke?"

Stille in der Leitung, dann hörte ich Inga: „Du willst Lindenstraße sehen? Du? ....gut, wenn du Dich beeilst und vor Beginn der Sendung hier bist, ja. Wenn du zu spät kommst, dann mache ich nicht mehr auf."

„Okay, ich bin gleich da", rief ich in den Hörer.

Von meiner Wohnung bis zu Inga sind es zu Fuß nur fünf Minuten und ich schaffte es diesmal sogar in vier. Atemlos stand ich in der Tür, als Inga mir aufmachte und zurief: „Los, mach zu, geht gleich los! du weißt ja, wo alles ist..." und sie verschwand im Wohnzimmer. Angesteckt von ihrer Hektik warf ich meine Jacke in Richtung Garderobe, streifte hastig meine Schuhe ab und stürzte ins Wohnzimmer. Inga saß mit gekreuzten Beinen auf der Couch und sagte: „Eine Minute noch, setz Dich, setz Dich..."

„Worum geht es da eigentlich?", fragte ich vorsichtig, während ich mich neben sie auf die Couch schob.

„Oh bitte: Keine Frage, ja? Ich habe keine Lust zu erklären, was da so passiert!", antwortetet sie gereizt.

„Ja, schon klar", entgegnete ich kleinlaut, „aber... eine grobe Richtung wäre nur ganz gut – geht es um Öl?" Ich hatte irgendwann mal etwas von einer Serie gehört, in der alle ganz furchtbar reich waren und sich um Ölfelder stritten.

Inga sah mich mitleidig an: „Mann, du hast ja wirklich keine Ahnung. Nein, hier geht es um das Leben: Die Lindenstraße ist wie ein Aquarium und Deutschland kann zusehen."

Ich nickte stumm und verkniff mir meine Bemerkung: Um das Leben zu sehen, musste ich nicht in den Fernseher schauen, aber ich wollte nicht unhöflich sein, denn schließlich tat mir Inga einen Gefallen, indem sie mich mitgucken ließ. Sie stubste mich in die Seite: „Es geht los, Ruhe jetzt!"

Eine nervige, fast schon dramatische Musik ertönte und ich räusperte mich: „Der Titel ist ja in unterschiedlichen Sprachen – ist das griechisch?"

Inga zischte mich nieder: „Ja, aber jetzt Ruhe!" Ich schwieg: Diese Serie musste ungemein wichtig sein, dass Inga mich so anfuhr, und ich beugte mich auf der Couch ein wenig vor, um in die Materie einzutauchen. Doch ich verstand kaum, worin es da ging: „Wer ist denn dieser Maxi?", fragte ich irritiert. Inga verdrehte die Augen: „Das ist der Sohn von den Zenkers, aber der ist jetzt tot – kann ich jetzt weitergucken?"

„Jaja, klar", beeilte ich mich zu sagen und fragte mich insgeheim, wer denn nun die Zenkers seien, bemühte mich Anschluss an das Geschehen zu finden. Und außerdem hätte mich wirklich interessiert, ob denn schon die Beerdigung gewesen sei.

„He", sagte ich anerkennend, als ein dunkelhaariger junger Mann auf dem Bildschirm erschien, „das ist doch mal ein gutaussehender Kerl: Wer ist das? Ist das einer von den Zenkers?"

Inga sackte in sich zusammen: „Nein, das ist Vassili..."

„Oh", murmelte ich überrascht, „ein Russe?"

Sie atmete laut aus und ein: „Nein, er ist Grieche und..."

Das pralle Leben

„Und deshalb auch die griechische Übersetzung des Titels", fügte ich triumphierend hinzu, „jetzt hab' ich verstanden – das ist ja toll!"

Inga schwieg und starrte in den Fernseher und ich merkte, dass es ebenfalls besser war, für einen Moment zu schweigen.

Plötzlich sah man, wie in dieser Serie irgendwelche Menschen im Fernsehen Fußball guckten: „Sag mal: Ist das eine Live-Serie? Das Spiel läuft doch gerade, Carsten und Stefan sind da hingefahren. Spielen die Schauspieler etwa so wie im Theater?" Inga funkelte mich an: „Könntest du für einen Moment die Klappe halten?", quetschte sie zwischen den Zähnen hervor, „diese Fernsehsachen werden da hineingeschnitten, damit es echter wirkt – und jetzt: RUHE!"

Für einen Moment konnte ich meine Neugier im Zaum halten, aber dann musste ich doch noch etwas fragen: „Äh, entschuldige: Eine Frage noch..."

„Was?", fauchte Inga.

Ich räusperte mich: „Warum wollen die denn, dass es echt wirkt, wenn doch alle wissen, dass sie nur vor dem Fernsehen sitzen?"

„Himmel", entfuhr es ihr, „das ist das pralle Leben, was da abläuft, und man kann jede Woche sehen, wie es weitergeht – ist denn das so schwer zu verstehen? Und ist es schwer zu verstehen, dass ich das jetzt sehen will?"

„Nein, nein, schon klar", murmelte ich leise und fragte ich mich, ob es in der Serie auch jemanden gäbe, der das Leben nicht versteht, weil er keinen Fernseher hat.

Die Ruhe des Waldes

Kriege beginnen im Kleinen, dort wo man es nicht vermutet: Alexander der Große soll nur deswegen ein so phantastischer und erfolgreicher Feldherr gewesen sein, weil er nicht nach Hause zu seiner Frau wollte. Ähnlich war es bei Napoleon, der nicht mit einer Niederlage vom Schlachtfeld zurückkommen durfte. Heute entstehen Kriege aus ganz anderen Gründen, denn die Männer sind gerne zu Hause bei ihren Frauen, aber es gibt andere Dinge, die sie plagen: Zum Beispiel werden die Briten vermutlich irgendwann Brasilien den Krieg erklären, damit auch die Kicker auf der Insel wieder einmal Fußballweltmeister werden. Brasilien hat es in dieser Hinsicht schwer. Tückisch auch die Situation der Italiener, die sich damit brüsten, das beste Eis der Welt zuzubereiten. Die Dänen haben unlängst auf einer Sitzung des Europarates angekündigt, dass sie diese Lügen nicht mehr hinnehmen werden, und einen Boykott der italienischen Produkte beschlossen. Der Dritte Weltkrieg wird vermutlich entbrennen, weil die Amerikaner es nicht länger akzeptieren, dass man ihren schlechten Geschmack auch in Deutschland zelebriert. Oder weil der Nachbar des amerikanischen Präsidenten seinen Garten umgestaltet.

Ich wohne mitten im Grünen und schätze die Stille des Waldes: Hinter meinem Haus ist Wald, vor meinem Haus ist Wald, links neben meinem Haus ist Wald, rechts neben meinem Haus wohnt mein Nachbar. Ehrlich gesagt weiß ich nicht einmal genau, wie er heißt, aber ich weiß, wie er aussieht, denn ich kann ihn von meinem Balkon aus immer in seinem Garten sehen. Und der gute Mann ist viel in seinem Garten, ja, er ist fast so oft in seinem Garten wie ich auf meinem Balkon. Und ich bin fast den ganzen Tag auf meinem Balkon, um ihn in seinem Garten zu beobachten. In der Regel ist er ein ruhiger Gartenarbeiter, doch die Menschen ändern sich, wie ich feststellen musste. Nun, man kann nicht alles haben.

Irgendwann an einem Dienstagmorgen um 7.26 Uhr begann der nette Mann von nebenan, hinter seinem Haus eine große Fläche Waldes zu roden. Über das Brummen, Kreischen und Rattern der Motorsäge hinweg entschuldigte er sich zu mir auf den Balkon hinauf: „Vielleicht 'n bisschen laut, ist aber bald vorbei." Ich hatte ihn eigentlich nur verstanden, weil ich von den Lippen lesen kann und versuchte mit meinen kargen Kenntnissen der Gehörlosensprache, die ich mir in Griechenland beim Bestellen eines vegetarischen

Gerichtes angeeignet hatte, darauf hinzuweisen, dass es sehr laut und ich ein wenig verärgert sei. Er verstand mich wohl nicht, winkte aber immerhin freundlich lachend zurück.

Nach vierundzwanzig Stunden verstummte die Säge und ich versuchte zur Abwechslung, ein wenig Schlaf und Ruhe zu finden, doch zum einen hörte ich noch immer das Kreischen des Forstwerkzeuges in meinen Ohren, zum anderen vernahm ich nach einer Pause von siebzehn Minuten das Geräusch einer großen Planierraupe, die – wie ich nach einem Blick von meinem Balkon aus erkannte – das Gelände ebnete, und mein Nachbar überprüfte auf dem Boden robbend das Ergebnis mit einer Wasserwaage. Er brüllte mir in der frühen Morgenstunde – die Sonne war gerade aufgegangen – etwas durch das Dröhnen des Dieselmotors zu, das ich weder verstehen noch durch die Erschütterung der Maschine von seinen Lippen lesen konnte. Man kann eben nicht alles haben, denn immerhin ist eine Planierraupe ein seltener Anblick in meinem Wald.

Ich brachte ein großes Plakat an meinem Balkon an, das mein Nachbar und auch der Fahrer der Raupe sehen konnten, doch auf meinen schlauen Spruch „Der Wald braucht Ruhe – ich auch" reagierte niemand. Aber immerhin beendete das Ungetüm seine Arbeit nach nur neun Stunden, und nachdem es verstummt war, hatte ich ein paar Minuten Ruhe. Es war schon fast beängstigend still und ich konnte mich gar nicht recht darauf konzentrieren, mich auf meinem Balkon zu entspannen, weil ich fortwährend darauf achtete, was auf dem angrenzenden Grundstück geschah. Denn nur wenige Minuten nachdem die Planierraupe von dannen gezogen war, knisterte mein Nachbar mit einer gigantischen Tüte herum, indem er hineingriff und etwas auf der herrlich ebenen Fläche verstreute, das so wie Samen aussah. Ich konnte hören, wie die kleinen Körner auf den Boden trafen und dieses feine Klicken, gefolgt von einem erneuten, knisternden Tütengriff, raubte mir schier den Verstand. Ich vermisste die kreischende Säge und den dröhnenden Dieselmotor – aber man kann nicht alles haben.

Es vergingen ein paar Tage und ich machte mir bereits ernsthaft Gedanken um den Gesundheitszustand meines Nachbarn, der sich die ganze Zeit nicht mehr blicken ließ. Allerdings hatte ich jetzt auch meine Ruhe und Zeit zum Arbeiten – endlich. Man muss nur ein wenig Geduld haben, dann kann man alles haben.

Was jedoch ein paar Tage später geschah, habe ich noch auf keiner Party erzählt, weil es mir ohnehin niemand glaubt: Nach acht Tagen Stille ertönte am neunten Tag gegen 6.51 Uhr ein Rasenmäher, ein lauter Rasenmäher. Von meinem Balkon sah ich meinen Nachbarn mit Ohrenschützern hochkonzentriert ein Gerät über den Rasen schieben. Mein Rufen, mein Winken, das Schwenken des Plakates blieb unbemerkt: In planloser Hektik rannte ich nach draußen in meinen Garten, suchte ein paar Kieselsteine zusammen und warf sie in Richtung meines Nachbarn, der meine versuchte Steinigung jedoch nicht bemerkte. Aber der Rasenmäher bemerkte sie. Als der gute Mann mit dem lauten Gerät über die zahlreichen Steine glitt, die ich binnen weniger Sekunden auf seinen Rasen geworfen hatte, wurden diese wie Granaten auf mein Grundstück zurückgefeuert, durchschlugen meine Fenster, zerstörten meinen Balkon und auch mein Dach blieb nicht unversehrt.

Ich habe mir gestern einen Presslufthammer, einen Staubsauger und eine neue Stereoanlage gekauft: Seit 4.12 Uhr starte ich den Gegenangriff.

Nostalgischer Fernsehabend

Ich habe Robert Lemke geliebt – natürlich nicht ihn selbst, sondern seine Sendung „Was bin ich". Allein der Satz: „Da geben wir eher ein Nein", versetzte mich schon in Verzückung und wenn dann das Rate-Team die Augenbinden aufsetzte und der prominente Gast unter den „Ohs" und „Ahs" des Publikums in das Studio kam, dann war auch zu Hause am Fernseher Hochspannung angesagt. Die heutigen Shows haben keine Porzellanschweinchen mehr, in die der Moderator Fünfmarkstücke hineinwirft, und es gibt auch keine Kandidaten mehr, die ihren Beruf mit einer typischen Handbewegung deutlich machen. Mal abgesehen vom unvergessenen Peter Frankenfeld, der wirklich witzig war, fehlt mir auch der verkappte Leichtathlet Hans Rosenthal, der mit seinem Sprungruf: „Das war Spitze" nahe dran war, die Deckenverkleidung der Kulisse zu ruinieren, und in der Jury saßen die beiden Ski-Asse Rosi Mittermaier und Christian Neureuther und kamen so gut miteinander aus, dass sie später heirateten – so etwas gibt es heute nur noch in den Phantasien der Vorabendserien. Der Nachwuchs müht sich redlich, versagt aber kläglich. Vielleicht liegt das am niederen Intellekt der Moderatoren, vielleicht sind auch die Kandidaten dümmer geworden. Oder die meinen es alle gar nicht ernst und haben sich nur verkleidet.

Ich habe keinen Fernseher, das habe ich wohl schon einmal erwähnt, aber als ich vor zwei Wochen bei meiner besten Freundin Inga zu Besuch war, wir eigentlich zusammen kochen wollten, sie aber ein fast sechs Stunden langes Telefonat mit der Auskunft führte, um nur kurz irgendeine Nummer nachzufragen, schaltete ich aus Langeweile die Flimmerkiste ein. Ich dachte noch immer, dass an den Samstagabenden Spielfilme gezeigt werden. Filme, auf die man sich freut, weil man gar nicht weiß, wie Schwarz-Weiß überhaupt auf einem Farbfernseher aussieht. Aber mittlerweile hat man die Programmplanung wohl ein wenig geändert, denn auf all den unzähligen Programmen hatte ich die Auswahl zwischen siebzehn „Game-Shows", drei Dokumentarfilmen – einer davon über „Game-Shows" – und einer Sportsendung über den Wettbewerb im Zwergenwerfen aus Oberbayern. Gerade letztes war geschmacklos, da die kleinwüchsigen menschlichen Wurfgeschosse mitunter äußerst unsanft aufschlugen – kein schöner Anblick. Und schon gar nicht in Zeitlupe. Und erst recht nicht in „Superslowmotion".

Ich entschied mich also für irgendeine Gameshow, bei der alle fünf Minuten die Regeln erklärt wurden und ich deshalb hoffte, mich schnell zurecht zu finden und zu verstehen, worum es ging. Das einzig Erkennbare war jedoch, dass niemand – einschließlich des Moderators – die Regeln verstand, weil auch der immer wieder in Verwirrung geriet, wenn der Aufnahmeleiter mit hoher Stimme über Lautsprecher sagte: „Nein, das ist schon ganz richtig, was der Kandidat gemacht hat."

„Gut", hörte ich den Moderator fröhlich, „dann ist ja alles in Ordnung!" Hektisch drückte ich auf der Fernbedienung herum, um diese entsetzlich grinsenden Fratze vom Bildschirm zu vertreiben und landete in der nächsten Show.

„Und was machen Sie so beruflich, äh, privat, wenn Sie, äh, also nicht zur Arbeit gehen, also in ihrer Freizeit, quasi neben dem Job, Frau..." Der junge Mann mit dem Mikrophon suchte in seinem Kopf nach dem Namen, fand ihn aber nicht und die Angesprochene, die nun in unverschämter Großaufnahme gezeigt wurde, wodurch ihre unreine Haut, die Zahnspange und die ungeputzte Nase enttarnt wurden, antwortete verschämt: „Ich bin bei einer Versicherung." Das Komische daran war, dass der Moderator weiter grinste und, statt noch einmal nachzufragen, nun antwortete: „Das ist ja toll, dann haben Sie sicher viel Spaß! Nun aber husch, husch auf Ihren Platz, damit wir anfangen können." Ich entschied mich, den Anfang zu verpassen und schaltete – husch, husch – zur nächsten Show.

Vier erwachsene Männer sprangen wie die Berserker in einem kleinen Raum herum und versuchten, so viele Luftballons wie nur möglich zu zertreten, angespornt vom frenetisch johlenden Publikum. Ich wollte schon genervt weiterschalten, doch in diesem Moment ertönte eine Sirene, die Männer fielen entkräftet zu Boden und die Moderatorin jubelte: „Jungs, das habt ihr ganz, ganz fein gemacht! Und jetzt schauen wir uns an, wer gewonnen hat." Nun, das wollte ich auch gerne wissen und starrte gebannt auf den Bildschirm: In Zeitlupe und in Superzeitlupe wurden die springenden Männer gezeigt, und das Publikum zählte mit lauter Stimme irgendetwas. Ob es die platzenden Ballons oder nur die verbleibende Zeit war, wusste ich nicht. Schließlich war es endlich soweit und die blonde Moderatorin kreischte: „Jaaa! Markus, du bist der Sieger, du hast es geschafft!" Und Markus sprang auf, riss die Arme in die Höhe und hüpfte wie ein Gummiball über die Bühne: „Jaaa", schrie auch er. Ich selbst konnte die Begeisterung noch nicht so recht teilen, wusste ich doch noch nicht einmal, was Markus denn nun genau geschafft hatte. Doch die Aufklärung folgte schnell: Die plötzlich ganz ernst dreinblickende Moderatorin fasste Markus und hielt ihn fest, so dass dieser atemlos aber immer noch ein wenig hüpfend neben ihr stand. „Markus", sagte sie ganz ruhig und langsam verstummten auch die letzten „Ja"-Rufer im Publikum, „Markus, jetzt hast du es fast geschafft. Jetzt trennt Dich nur noch die richtige Antwort vom Hauptpreis." Der junge Mann nickte, war vom Jubeln noch immer ganz ausgepumpt. „So, liebes Publikum: Jetzt ganz stille sein und nicht vorsagen, sonst kann der Markus nicht gewinnen. Markus, jetzt hör gut zu, hier kommt die Frage: Wie hieß der letzte deutsche Kaiser?" Ich glaube, keiner im Publikum wäre auch nur auf die Idee gekommen, die Lösung vorzusagen und Markus dachte angestrengt nach – fast sah es so aus, als bildeten sich kleine Rauchwölkchen über seinem Kopf. Doch plötzlich hellte sich seine Miene auf und in die Stille hinein rief er: „Franz Beckenbauer!"

Ich hörte das Klingeln des Fünfmarkstückes und Robert Lemke sagte: „Da geben wir eher ein Nein."

Für die Ewigkeit

Meine Englischlehrerin hat es immer betont: „Organisiert Euch!" Im Grunde genommen meinte sie damit nur mich, aber Lehrer müssen immer alle ansprechen. Es ist natürlich auch nicht leicht, wenn man einen Schüler hat, der nicht die Hausaufgaben, sondern die komplette Tasche zu Hause vergisst. Ich habe es sehr selten getan und nicht absichtlich. Nein, ich hab es selten absichtlich getan, aber eigentlich hatte ich nie Schulsachen mit dabei. Meistens blieben sie im Bus liegen oder zu Hause. Oder vor der Klassentür. Aber zum Glück kritzle ich überall meinen Namen drauf, so dass alles wieder den Weg zu mir zurückfindet. Auf diese Art bin ich zu einer wundervollen Parkbank gekommen, die jetzt mein Wohnzimmer ziert. Die amerikanische Freiheitsstatue konnte angeblich nicht transportiert werden, ist aber durch meinen Namenszug an der Aussichtsplattform in meinen Besitz übergegangen. Immerhin habe ich oft einen Stift oder ein Messer bei mir, mit dem ich mich verewigen kann. In dieser Hinsicht bin ich wirklich organisiert.

Meiner besten Freundin Inga bin ich durch meine Kritzeleien oft unangenehm. Dabei geschieht es eher unbewusst. Früher habe ich nur während des Telefonierens geschrieben oder krakelige Kreise auf das Papier, den Tisch, die Wände oder den Fußboden gemalt. Manchmal waren es auch Gesichter, ganze Landschaften, ja, Szenen. Michelangelo soll auch viel am Telefon gemalt haben, aber da bin ich mir nicht sicher. Schließlich gab es früher gar keine bedruckten Kugelschreiber.

„Was machst du da?", zischte Inga mich an, während wir auf einer Party waren. Ich weiß auch gar nicht mehr, warum wir überhaupt dort eingeladen waren. Ich glaube, ich hatte meinen Namen auf irgendeinen Zettel gekritzelt und so – na, das ist ja auch nicht wichtig. In jedem Fall war ich gerade dabei, die Tischdecke mit ein paar blauen Strichen zu verzieren. „Bist du wahnsinnig? Sie werden uns rauswerfen!" Genaugenommen hatte Inga Recht, aber die Zeichnung war nicht schlecht geworden, das musste auch sie zugeben. „Ich kann ja mal fragen, ob wir die Tischdecke mitnehmen können, dann schenke ich sie Dir." Inga schüttelte sich: „Du bist wirklich nicht ganz normal." Sie zog mich von meinem Arbeitsplatz weg. Nur mit Mühe konnte ich mein Werk signieren. „Lass das", fauchte sie mich an.

Ich machte mir einen Spaß daraus, Inga abzulenken und in den unbeobachteten Momenten die Kleidung der Gäste zu bemalen. Nur ganz kleine Striche. Entscheidend war das künstlerische Gesamtkonzept. Ich stellte mir vor, wie es aussähe, wenn sich alle Partygäste in einer bestimmten Formation zusammenfänden und man dann den „Schrei" von Edvard Munch erkennen konnte. Ich hatte den Überblick, und ein Großteil der Gäste trug auch bereits meinen Namen.

Inga holte sich gerade etwas zu trinken, als ich einen cremefarbenen Lampenschirm entdeckte, den ich mit einer wunderschönen Borte verzierte. Glücklicherweise hatte ich neben dem üblichen blauen noch einen roten wasserfesten Filzstift dabei, so dass ich zweifarbig arbeitete. Das Ganze wirkte fast ein wenig französisch. Ich war längst fertig, als Inga mit dem Getränk zurückkam. Sie bemerkte die Veränderung nicht, was in meinen Augen ein Zeichen für meine Perfektion war. Nicht einmal der Namenszug fiel ihr auf, dabei war der kaum zu übersehen.

„Hier", murmelte sie, „ich habe Dir etwas zu trinken mitgebracht." Noch bevor Inga mich daran hindern konnte, kritzelte ich mit dem Filzstift ein paar Figuren auf das Glas: „Das sieht doch gleich viel besser aus", lächelte ich, „schade, dass ich kein Gelb habe." Inga errötete, und das ermunterte mich, ihr mit dem blauen Stift ein paar altgermanische Runen auf die Wangen zu malen. Es sah wirklich gut aus, auch wenn ich von Runen eigentlich keine Ahnung habe. Ganz nebenbei bereicherte ich die Tapete noch mit meinem Lieblingsgedicht, das ich mal für einen Freund verfasst hatte. Leider verschrieb ich mich einmal und musste ein paar hässliche Streichungen vornehmen, die jedoch dem Inhalt keinen Abbruch taten. In den wundervollen Mahagoni-Tisch ritzte ich mit meinem kleinen Schweizer Offiziersmesser eine paar wundervolle Fratzen, die das Stück sicher im Wert steigen ließen. Der Gastgeber war anderer Ansicht und ließ mich nicht einmal mehr meine Initialen einritzen.

Nachdem ich mich von Inga verabschiedet hatte, fand ich im Polizeiwagen eine Menge Platz zum Malen, die Beamten auf der Rückbank sahen schon fast aus wie Maori. Leider konnte ich nicht alle Mützen gleichermaßen bemalen, weil der Polizist zu meiner Linken sich hartnäckig weigerte, seine Kopfbedeckung herauszugeben. Durch den Rotstift wurde das Blaulicht zu einem herrlichen Violett und überall auf der Motorhaube, auf den Sitzen, den Fenstern war mein Name zu lesen. Die Handschellen verzierte ich mit einem herrlichen Streifenmuster, so, als ob ich das Zebra erfunden hätte. Vielleicht habe ich das auch.

Die Schreibmaschine auf der Wache wurde ein Opfer meines blauen Stifts, der Tresen bekam herrlich rote Spiralen, die fast schon ein wenig hypnotisierend wirkten. Sogar der Polizeiobermeister war angetan, ließ mich aber dennoch in eine Zelle sperren. „Zumindest so lange, bis die Farbe aus ihren Stiften gewichen ist", meinte er. Nachdem ich zwei Wände mit wundervollen Kopien von van Gogh und Picasso verziert hatte, ging mir bei der Niederschrift einer Geschichte gegen vier Uhr morgens die Farbe aus. Meine Bitte, den Zellenboden mitnehmen zu dürfen, wurde nicht erfüllt. Aus diesem Grund hat diese Geschichte auch kein Ende.

Der Fluch der Piemontkirsche

Ostern ist das Fest, bei dem man nicht weiß, was man schenken soll: Für ein echtes Geschenk ist der Anlass nicht groß genug, aber so ganz ohne möchte man auch nicht dastehen, wenn es am Ostersonntag das obligatorische Familienessen gibt. Etwas Kleines, Feines, das nicht zu teuer, aber natürlich nicht schäbig sein sollte. Am besten ist immer noch Marzipan oder eine Packung Pralinen. Selbstverständlich müssen nicht alle Verwandten beschenkt werden, nur die, die man beerben kann oder diejenigen, die einem hin und wieder mal zehn Mark schweigend in die Hand drücken. Cousinen, Cousins, Brüder, Schwestern, Onkel, Tanten und Eltern kommen also nicht in Frage – bleibt als wichtigste Zielgruppe die Großeltern. Im vergangenen Jahr machte ich mich daher auf die Suche nach dem passenden Präsent für meine einzige, noch lebende Großmutter.

Ich stand im Supermarkt und betrachte die Pralinen-Mischungen. Sie ähnelten sich alle irgendwie und außerdem waren sie teuer: Einige sollten über zwanzig Mark kosten und so viel war mir die Aussicht auf mein Erbteil dann doch nicht wert. Ich überlegte, welche der Packungen ich für mich selbst kaufen würde und landete schließlich bei einer Tüte mit englischen Weingummis. Toll! Meine Großmutter würde begeistert sein, wenn ich ihr eine knisternde Packung mit glitschigen, britischen Weingummis überreichte. Mein Blick schweifte über das Regal und blieb schließlich an einer rötlichen Packung hängen. „Ich sag' nur: Kirsche", hörte ich den jungen Mann aus der Werbung erklären und musste plötzlich grinsen, denn ich kannte niemanden, der diese Dinger mochte. Aber irgendjemand musste diese widerlichen Alkohol-Kirsch-Pakete doch kaufen. Ich fasste den Entschluss, so lange zu warten, bis jemand eine Packung mitnahm, dann würde auch ich eine kaufen. Schließlich zählt der gute Wille beim Schenken – zehn Minuten Wartezeit sollten reichen, denn der Supermarkt war kurz vor Ostern brechend voll von Menschen. Wahrscheinlich suchten sie alle noch schnell ein Geschenk für Oma oder Opa.

Unauffällig schlenderte ich den Gang auf und ab, immer die Stelle mit diesen rötlichen Packungen im Blick. Aber anscheinend hatten sich alle schon mit Pralinen eingedeckt oder schenkten Bücher, Parfüm oder Weingummis, denn niemand griff nach den sagenumwobenen Piemont-Bomben, die doch sogar Howard Carpendale entzücken – jedenfalls in der Werbung. Mittlerweile war eine Viertelstunde vergangen und ich wurde langsam ungeduldig: Aus den Augenwinkeln beobachtete ich die Menschen, die sich Pralinenschachteln ansahen, aber alle machten einen Bogen um diese Kirsch-Packungen. Wenn ich etwas anfange, dann beende ich es auch: Ich beschloss, nicht eher aus dem Supermarkt zu gehen, bis jemand eine dieser roten Packungen kaufte.

Sechsundzwanzig Minuten waren jetzt schon verstrichen und ich erweiterte mein Zeitlimit auf eine Stunde. Es wäre doch gelacht, wenn ich diesen historischen Moment nicht miterleben würde, dass jemand eine Packung solcher Pralinen kauft. Tatsächlich stand nur ein oder zwei Minuten später eine junge Frau, vielleicht Mitte zwanzig, im Gang und begutachtete die Pralinen. Sie hielt schon die rote Packung in der Hand, entschied sich aber zu meinem Ärger für eine Edel-Mischung, irgend etwas mit Nüssen und Weinbrand. „Entschuldigung, warum hast du gerade diese Pralinen genommen?", fragte ich sie und wunderte mich im selben Moment über meine Dreistigkeit. „Soll das eine Anmache sein?", entgegnete sie barsch, drehte sich um und ließ mich mit roter Gesichtsfärbung zurück. „Prima", dachte ich, „Du machst Dich hier zum Hanswurst nur wegen dieser blöden Piemontkirsche." Im Geiste sah ich mich schon im Supermarkt übernachten, weil sich niemand für diese Pralinen interessierte.

Mittlerweile waren auch die Angestellten des Supermarktes auf mich aufmerksam geworden, und zwei dieser Weißkittel beobachteten mich misstrauisch. Wahrscheinlich dachten sie, dass ich etwas klauen wollte. Ich schritt entschlossen auf die beiden Frauen zu und sagte: „Verzeihung bitte, aber diese Pralinen dort, die mit der Kirsche..." Die beiden sahen mich fragend an. „Äh... kauft die eigentlich jemand?" fuhr ich zögernd fort. „Selbstverständlich", beeilte sich die eine zu sagen, „die werden sehr gern genommen." Ich zuckte mit den Achseln: Es war sinnlos. Wenn es einen Gott gibt, dann wollte er mich kurz vor Ostern mit dem Fluch der Piemontkirsche strafen. Von der anderen Ecke des Regals grinste mich ein Heer von dämlichen lila Hasen an und langsam aber sicher wurde ich sauer.

Vielleicht war alles nur ein groß angelegter Werbegag, vielleicht log der gute Howard ja, wenn er sagte, dass er ohne diese Pralinen nicht Hause kommen durfte. Vielleicht mochte Ingrid Steeger gar keine Süßigkeiten und tat nur so? Ich zweifelte an allem und fragte mich, ob ich der Werbung in diesem Land überhaupt noch Glauben schenken durfte, als plötzlich ein bärtiger Mann mit einem kleinen Kind auftauchte. Ohne lange zu überlegen nahm er eine der Packungen aus dem Regal und legte sie in den Einkaufswagen. Ich war drauf und dran zu jubilieren und dem Mann für seine gute Tat zu danken, da hörte ich das kleine Kind sagen: „Die mag Mama aber gar nicht!" Und der Papa gehorchte artig und schob die Packung ins Regal zurück.

Ich habe auch eine Nuss-Weinbrand Mischung gekauft, obwohl ich wusste, dass meine Oma eine Nussallergie hat. Sie hat es überlebt und so muss ich auch in diesem Jahr in den Supermarkt und irgend etwas Kleines, Feines aussuchen. Vielleicht eine Pizza oder ein Kastenbrot.

Künstliche Intelligenz

Die Technik entwickelt sich weiter. Natürlich nicht von selbst, letztlich sind es die Menschen, die den Fortschritt vorantreiben. Ich könnte so etwas nicht, aber vielleicht bin auch kein Mensch. Meine beste Freundin Inga behauptete kürzlich, ich sei nicht ganz dicht. Vielleicht bin ich nur eine undichte Salatschüssel und kein Mensch bemerkt es, es geschehen mitunter seltsame Dinge. Aber wenn ich auch nicht unbedingt ein technisch begabter und versierter Mann bin, so trage ich meinen Teil zum Fortschritt bei, indem ich das neueste vom Neuesten kaufe. Ich bin immer auf dem aktuellen Stand. Als der CD-Spieler erfunden wurde, hatte ich bereits kurze Zeit später einen im Haus. Leider gab es damals kaum CD's zu kaufen, aber das Gerät an sich war klasse. Fast ebenso erging es mir mit dem Kauf meines Handys: Ich bin überall zu erreichen, aber niemand ruft mich an. Zum einen kennt kaum jemand meine Nummer, zum zweiten rufen mich diejenigen, die sie kennen gar nicht an, weil es so teuer ist und zum dritten vergesse ich mein Handy immer wieder. Meine neue Waschmaschine avanciert auch zum Fiasko: Es ist eines dieser hochtechnisierten Geräte, das sich programmieren lässt. So kann ich zum Beispiel auf eine Party gehen und nachts um 11 springt die Maschine an und reinigt meine Jeans. Es sei denn, ich habe kein Waschpulver in das Spülfach gestreut. Oder ich vergesse schlicht, die Maschine einzuschalten. Niemand ist perfekt, nur die Technik. Jetzt gibt es sprechende Computer und das erscheint mir wirklich sinnvoll.

Natürlich habe ich mir so ein Gerät gekauft. Natürlich. Ich bin ohnehin oft einsam und da ist ein sprechender Rechner genau das Richtige – wenn er nervt, dann schalte ich ihn einfach ab. Mit einem Menschen ist das nicht unbedingt möglich, es sei denn, man hat irgendein Mordinstrument oder eine Zyankalikapsel zur Hand. Aber während ich den Computer bei Bedarf wieder einschalten kann, bleibt der Mensch für immer stumm. Zumindest so lange er tot ist. Wirklich, der neue Rechner ist klasse, ein Segen für einen jungen, ambitionierten Schriftsteller, ein intelligentes, mitdenkendes Gerät. Die neue Geschichte wird zeigen, wie sinnvoll die Technik ist.

„Guten Morgen, es ist 8.38 Uhr. Wie geht es Dir?" Ja, der Rechner duzt mich. Ich habe ihm das gestattet, denn wenn er schon mit mir unter einem Dach lebt, dann muss auch ein gewisses Maß an Vertrautheit da sein. Ich könnte ihm auch sagen, dass er mit der Stimme von Herbert Grönemeyer sprechen soll, aber nuschelnde Computer sind viel schlimmer als schweigsame. Momentan tönt mir die ganze Zeit Inge Meysel ins Ohr, das motiviert ungemein, weil ich dadurch versuche, schneller fertig zu werden, um den ewigen Nörgeleien zu entkommen. Gut, man kann es in der Geschichte nicht hören, aber der Rechner behauptet gerade: „Ich nörgle nicht, nimm das sofort zurück." Sehr komisch, noch schreibe ich meine Geschichten allein und ich lasse mir von so einem Blechhirn nicht dreinreden. „Blechhirn nimmst du zurück, sonst lösche ich die Festplatte." Meinetwegen nehme ich das Blechhirn zurück. Ich werde über etwas anderes schreiben.

Ich habe eben eine halbe Stunde versucht nachzudenken, aber ich komme nicht recht dazu, weil mir der Rechner ständig Vorschläge macht. „Schreib doch über eine kaputte Kaffeetasse, aus der der Kakao leckt." Er hat einen seltsamen Humor, gerade mit der Stimme von Angela Merkel. Ich bin mir nicht sicher, ob er mein Seufzen hören kann, wenn – ja, er kann es hören. Er hat ein eingebautes Mikrophon, wie er – eigentlich ja sie – mir gerade erklärte. Schön, eine treue Freundin, die sich wirklich um mich sorgt und die versucht, mich voranzutreiben. Ich werde die Stimme von Gerhard Schröder wählen, auch wenn Frau Merkel nun nachhaltig protestiert. Der siezt mich auch jetzt, das hat doch wesentlich mehr Stil.

Politisch gesehen ist diese Geschichte nicht im Sinne der Regierung, sie hat im Grunde gar keinen realen Bezug.

Ich habe den obigen Satz nicht geschrieben, das war Herr Schröder in meinem Computer. Ich habe Mühe, vor ihm die Tasten zu drücken und er ändert auch immer wieder das, was ich schreibe. Sollten irgendwelche orthographischen Ungereimtheiten auftreten, so bin ich unschuldig. Die Rechtschreibprüfung wird geleitet von Marcel Reich-Ranicki, und dessen ätzenden Spott seinerseits erspare ich mir lieber. Eben hat der Rechner applaudiert, vielleicht mag Herr Schröder den Literaturpapst nicht. Ich habe keine Ahnung. Ich sehne mich nach dem alten Computer,

der im Grunde nichts wert war, weil er langsam und anfällig war. Mit diesem neuen Produkt haben Sie die universelle Bürohilfe erstanden, die das Leben vereinfacht. Serienbriefe, Dissertationen, Aufsätze und Rechnungen sind kinderleicht zu erstellen und wenn Sie mit der Tabell

Künstliche Intelligenz

Ich habe die Tastatur wieder im Griff, sie war kurzfristig gesperrt. Das höhnische Lachen von Herrn Schröder stört mich nicht, denn ich schalte die Sprache und deren Erkennung jetzt einfach aus. So einfach ist das. Leider bin ich nicht in der Lage, die Absätze, die der Rechner zwischenzeitlich schrieb, zu ändern oder zu löschen. Es ist ja auch nicht so wichtig, denn wer mich kennt, der weiß ja, wie und was ich schreibe.

Herr Schröder läßt sich nicht so einfach von meinem Rechner vertreiben. Er behauptet, seine Legislaturperiode sei noch nicht abgelaufen. Als ich ihn auf meinem Rechner wählte, stand nichts davon in der Bedienungsanleitung, dass die Persönlichkeit der Stimme vom Computer Besitz ergreift. Mahatma Ghandi stand auch zur Wahl, der hätte sich sicher anders zur Wehr gesetzt. Außerdem spreche ich kein Indisch. Herr Schröder behauptet gerade, dass es Indisch nicht gibt, sondern

Hindi und Urdu sind die Landesprachen in Indien und wir haben uns im Bundestag bereits verstärkt dafür eingesetzt, dass auch Deutsch als Sprache Einzug in diesem Land hält. Gemeinsam mit den Staats-Chefs anderer Länder habe ich mich auch ganz besonders dafür stark gemacht, dass die Armut

Wenn dieser Absatz jetzt nicht gelöscht wird, dann möchte ich nur rasch sagen, dass ich mir eine Schreibmaschine im Antiquariat gekauft habe. Den Rechner schicke ich mit Herrn Schröder nach Indien.

Darf ich bitten?

Ich bin feige. Ja, ich bin sogar sehr feige. Ich traue mich nicht einmal, beim Kino anzurufen und ein paar Kinokarten zu bestellen. Ich telefoniere sowieso nicht gern. Ich bin sogar so feige, dass ich wildfremde kleine Kinder losschicke, um jemanden zu fragen, wie spät es ist. Vielleicht ist es auch nur Schüchternheit, aber ich bin mir da nicht so sicher. In jedem Fall gehe ich nicht gerne zu Veranstaltungen, wo man miteinander tanzt.

Es ist nicht so, dass ich nicht gerne tanze, nein, ich habe es nur einfach nicht so gern, wenn mir dabei jemand fortwährend auf die Füße tritt. Und ich bin auch viel zu höflich, um zu sagen: „Entschuldigung, aber meine Plattfüße werden sicher nicht besser, wenn Sie darauf herumtrampeln." Zumal diese Anrede besonders dann nicht angemessen ist, wenn es sich um die Frau des türkischen Konsuls handelt. Für diejenigen, die die werte Dame nicht kennen: Sie hat entsetzliches Übergewicht und bewegt sich dementsprechend mit der Leichtfüßigkeit eines schwangeren Elefanten. Meine erste und letzte Begegnung mit ihr hatte ich beim Begräbnis eines indischen Radschahs und ich zog mir dabei einen dreifachen Knöchelbruch zu. Spätestens seit diesem Tag habe ich eine Aversion gegen Tanzveranstaltungen.

Ein äußerst praktisches Utensil, welches ich vor geraumer Zeit auf einem Flohmarkt erstanden habe, ist ein Gipsbein mit einem Reißverschluss. Wenn ich daran denke, es anzulegen, dann bin ich nicht nur ein gern gesehener Gast auf vielen Veranstaltungen, nein, ich habe auch meine Ruhe, wenn die Tanzkapelle die Losung „Damenwahl" ausgibt. Aber ich bin schrecklich vergesslich und oft stelle ich dann vor Ort fest, dass ich die herrliche Gipsattrappe leider zu Hause liegen ließ, aber mein Hosenbein dennoch hochgekrempelt ist und ich auch an diesem Fuß weder Socke noch Schuh trage. In diesem Fall bin ich den Attacken der tanzwütigen Damen schutzlos ausgeliefert.

Auch auf der Hochzeit meiner ungeliebten Cousine erschien ich leider ohne Gipsfuß und ich glaube, die gesamte weibliche Bekanntschaft rieb sich schon die Hände, als sie mich gesund und munter kommen sah. Aber ich hatte mir bereits diverse Strategien zurecht gelegt, wie ich den Nachstellungen der Damen entgehen konnte. So konnte ich die ersten drei Bewerberinnen noch mit einem meiner Lieblingssätze täuschen: „Ein alte Kriegsverletzung", seufzte ich und zeigte auf mein scheinbar steifes Bein, und die Frauen zogen verständnisvoll lächelnd wieder von dannen.

Darf ich bitten?

Die vierte Probandin, eine junge Frau, war jedoch nicht so leicht zu überzeugen: „Du bist doch nicht viel älter als ich: In welchem Krieg willst du denn gewesen sein?", fragte sie spöttisch und, ohne groß zu überlegen, antwortete ich: „Ich war bei den punischen Kriegen und bei der Schlacht um Waterloo." „Oh", murmelte sie kleinlaut und schlich davon, sichtbar mit den Gedanken beschäftigt, wann das in den Zeitungen gestanden haben könnte. Gut, dass die Schulbildung heute derartig zu wünschen übrig lässt und man die jungen Menschen mit einfachen Mitteln verwirren kann.

Nummer Fünf erwies sich als harter Brocken: „Mein Mann hat ein Holzbein und der tanzt auch", meinte eine ältere Dame, die vermutlich die punischen Kriege tatsächlich erlebt hatte, und zwinkerte mir aufmunternd zu. Ich täuschte einen Husten vor, der fast in einem Erbrechen endete, und röchelte: „Ich bin sicher, dass Sie gegen Tropenkrankheiten geimpft sind, oder?" Nachdem sie nichts weiter von sich gab als einen irritierten Blick, fügte ich rasch hinzu: „Es ist irgendein seltsames Fieber, überträgt sich nur durch Körperkontakt." Und ich bekräftigte meine Worte mit einem erneuten Hustenschwall, der schon fast dem rhythmischen Stakkato eines Presslufthammers glich. Sekunden später war ich wieder ungestört und beobachtete die zahlreichen Damen und Herren auf der Tanzfläche, die paarweise über das Parkett schoben und wie beim Auto-Skooter immer wieder aufeinanderprallten. Zufrieden lächelnd lehnte ich mich zurück und genoss das Schauspiel. Doch die Freude währte nur kurz.

„Darf ich bitten?", fragte mich eine Frau in den Dreißigern, deren körperliche Ausmaße mich doch sehr an die Frau des türkischen Konsuls erinnerten, allerdings hatte sie nicht die Klasse, denn sie lispelte und konnte auch kein Türkisch. Aber sie hatte nichts gegen mein steifes Bein, kannte die punischen Kriege und war gerade aus dem Afrika-Urlaub zurück. Meine Defensivstrategien waren erschöpft, vielleicht war es an der Zeit, in den Angriff überzugehen: „Ich kann gar nicht tanzen", sagte ich, „und ich habe große Füße." Sie hob die Augenbrauen und sah auf meine Schuhe: „Aber Sie tragen Schuhe mit Gummisohlen, das dürfte also kein Problem für mich sein", und sie streckte mir die Hand entgegen, die ich mich nicht traute abzulehnen. Hätte ich es getan, dann säße ich vielleicht jetzt gemütlich auf dem Sofa und nicht in einem Rollstuhl.

Sie riss mich von meinem warmen Stuhl nach oben und schleifte mich wie ein Jäger, der den erlegten Rehbock nach Hause bringt, auf das Parkett. Die Tanzkapelle setzte mit einer frischen, rhythmischen Musik ein und die Dame, deren Name mir bis heute nicht bekannt ist und gegen die ich somit auch keine Regressansprüche stellen kann, juchzte: „Eine Polka, wie wundervoll!" Und ehe ich mich versah, wurde ich wie wild herumgeschleudert. Ich versuchte, dieser dicken Furie zuzurufen, dass ich keine Luft mehr bekäme, konnte jedoch wegen der Fliehkräfte den Mund kaum öffnen, so dass nur ein Gurgeln entstand, bei dem man auch durchaus annehmen konnte, dass es sich um eine Beifallskundgebung verbaler Art handeln könne.

Als mich einige Stunden später das Rote Kreuz auf einer Bahre nach draußen in den bereit stehenden Wagen bugsierte, fragte mich der behandelnden Arzt: „Junger Mann, wissen Sie noch wer Sie sind?" Aus dem Augenwinkel sah ich die dicke Frau, die mich besorgt ansah: „Ich bin der türkische Konsul", flüsterte ich mit matter Stimme.

Geduld. Nur Geduld

Ich habe mein Auto verkauft: Es hat wenig Zweck, mit einem Wagen zu fahren, der sich nicht bewegen lässt. Gestern Nachmittag kam ein kleiner Lastwagen und transportierte meinen vierrädrigen Freund ab. Nein, ich brauche kein Auto, man kann jeden Ort der Welt mit öffentlichen Verkehrsmitteln erreichen. Wenngleich ich sagen muss, dass ich zur Deutschen Bahn wenig Vertrauen habe. Die Amerikaner haben ihr Streckennetz leider noch nicht dahingehend erweitert, dass man auf dem Schienenweg von Hamburg direkt nach Chicago kommt. Schade. Sehr schade. Leider fliegt die Lufthansa meinen winzigen Heideort nicht direkt an, so dass ich zum nächstgelegenen Flughafen muss, um Chicago zu erreichen. Mit dem Bus komme ich nicht zum Flughafen nach Hamburg, weil der nur zweimal am Tag fährt: Um 15 Uhr und um 22.37 Uhr, und mein Flieger geht um sieben. Schade, ich wäre gerne mit dem Bus gefahren, weil ich mit Vorliebe die Kritzeleien auf den Sitzen lese oder den Schaumstoff aus den Polstern pule. Es bleibt mir also nur das Taxi.

Es begann damit, dass ich die kurze, leicht zu merkende Nummer der Taxizentrale im Telefonbuch suchte, weil ich sie einfach nicht im Kopf behalten kann. Es gibt auch Wichtigeres als das Behalten von Telefonnummern. „Ich werde Ihnen erklären, wo ich wohne", sagte ich zu der freundlichen Dame am anderen Ende.

„Nein, nicht nötig. Wir brauchen nur Ihren Namen und wo Sie genau wohnen."

„Das ist mir klar, aber es ist nicht so..."

„Unsere Fahrer kennen sich aus", unterbrach sie mich, „wann brauchen Sie denn den Wagen?"

„Morgen um kurz vor fünf, ich will um sechs Uhr am Flughafen sein."

„Aha", sagt sie, und ich hörte einen Kugelschreiber kratzen, „geht es denn nicht auch eine Viertelstunde früher? Um diese Zeit ist bei uns so viel los." Eine Viertelstunde, was ist schon eine Viertelstunde weniger Schlaf? Morgens um fünf. Nichts, wenn man bedenkt, dass der Flug nach Chicago Stunden dauert und ich alles nachholen kann, wenn ich erst im Flugzeug sitze. Schade, in der Bahn gibt es Schlafwagen.

Ich wusste, dass das Taxi nicht pünktlich sein würde. Sie würden mich gar nicht finden, weil ich mitten im Wald wohne, an einem Privatweg, der kein Straßenschild hat, und an meinem Haus prangt auch keine Nummer. In einigen Karten ist nicht einmal der Ort, in dem ich wohne, verzeichnet. Vielleicht sollte ich dem Wagen einfach entgegengehen. Mit meinem Koffer. Den ganzen, ausgefahrenen Privatweg zu Fuß gehen. Um Viertel vor Fünf. Vielleicht sollte ich auch besser warten.

Am nächsten Morgen griff ich um 4.53 Uhr zum Telefon, die Nummer der Zentrale war mir noch im Gedächtnis geblieben. „Ja?", meldete sich eine verschlafene Stimme, und ich ließ meinem Unmut freien Lauf: „Sagen Sie, haben Sie mich vergessen? Es sind jetzt schon zehn Minuten über die Zeit! Wo bleiben Sie denn?"

„Wo bleibt wer?", krächzte es aus dem Hörer. „Na, das Taxi", polterte ich, „oder bin ich mit der chinesischen Botschaft verbunden?"

„Nein, hier ist Maltwicz." Zahlen sind einfach nicht mein Fall, ich bin schließlich kein Mathematiker, und ich legte umgehend auf, da eine Entschuldigung überflüssig gewesen wäre. Eine Minute später hörte ich eine Frauenstimme, offensichtlich nicht dieselbe wie gestern Abend. „Ich habe ein Taxi bestellt", begann ich ungehalten, „und nun warte ich hier."

„Geduld", hörte ich die Frau, „es ist wirklich viel los heute morgen."

„Gute Frau, ich muss mein Flugzeug kriegen!"

„Ach, Sie sind das. Der Fahrer sucht Sie schon!"

„Wo?", fragte ich entgeistert und sah aus dem Fenster, „Ich kann niemanden sehen."

„Warten Sie, ich frage ihn mal über Funk." Ich hörte einen Piepton, dann ein lautes Rauschen: „Frank, wo bist du jetzt?"

„Auffer Tanke, hol mir noch Zigaretten." In meinem Ort gibt es keine Tankstelle, es gibt im Umkreis von zehn Kilometern keine Tankstelle, die morgens um Fünf geöffnet hat. Wo auch immer der „Frank" jetzt war: Es würde mindestens noch eine Viertelstunde dauern, bis er hier wäre. Wenn er mein Haus überhaupt fände.

Ich polierte sorgsam die Schnallen meines Koffers, übte mich darin, das schwere Teil durch die Wohnung zu manövrieren. Um 5.14 Uhr konnte ich auf einem Bein hinkend den Koffer auf seinen Rollen von der Küche bis zum Bad schieben, ohne dabei auch nur einmal abzusetzen. Ein Taxi war bislang nicht zu sehen, und man erkennt diese Wagen ja relativ schnell. Zumal der Privatweg, an dem mein Haus liegt, nur selten befahren wird: Die Müllabfuhr kann hier nicht wenden, und ich habe kein Auto mehr, die Straße ist also frei für den Taxenverkehr, ein Stau war ausgeschlossen.

„Wo bleibt Frank?", fragte ich die junge Frau.

„Der ist gleich da, nur Geduld", antwortete sie gelassen, während es im Hintergrund rauschte, knackte und piepte. Aus dem Funkgerät hörte ich Franks Stimme: „Sach ma Gitta, wie hieß die Straße noch ma?" Plötzlich war alles nur noch gedämpft zu hören, vermutlich hielt Gitta ihre Hand auf die Muschel, und ich konnte beim besten Willen nichts verstehen. Schade. Wirklich sehr schade, denn mich hätte es schon interessiert, wo sich Frank gerade aufhält. Bei der Bahn weiß man das verlässlich, die können ja nicht von den Schienen runter. Aber ich habe keinen Bahnhof vor Tür. „Es kann sich nur noch um ein oder zwei Minuten handeln, der Wagen ist gleich da. Nur Geduld."

Nun, ich denke, jeder tibetanische Mönch und auch der Dalai Lama wäre sicher mittlerweile ein wenig unruhig geworden, denn es war schon fast halb Sechs, und es erschien mir doch ein wenig utopisch, den Flughafen in einer halben Stunde zu erreichen. Aber die Männer und Frauen in den gelben, nein: hellelfenbein-farbenen Wagen sind geschulte Leute, die sich in der Umgebung auskennen und ihre Wagen beherrschen. Wahrscheinlich beginnt jede Karriere eines Formel-1-Fahrers in einem Taxi, denn man hört immer wieder von neuen Geschwindigkeitrekorden der Autos mit dem leuchtenden Dachschild. Der neue ICE der Deutschen Bahn fährt hingegen nur weit über 200 Kilometer pro Stunde.

5.41 Uhr. Mittlerweile hatte ich die Nummer der Taxizentrale in mein Telefon gespeichert und brauchte nur eine Taste zu drücken. „Gibt es etwas Neues von Frank?", fragte ich vorsichtig.

„Moment", meinte die junge Frau. Wieder dieses Piepen, Knakken und Rauschen. „Frank, wo bist du jetzt?"

„Bin gleich da", hörte ich ihn, „ich kann den Flughafen schon sehen." Gitta fluchte, doch nur Sekunden später hatte sie sich wieder im Griff: „Nur Geduld", hörte ich sie, „er ist gleich bei Ihnen."

Ich kann beim besten Willen nicht sagen, was ich eigentlich in Chicago wollte. Vielleicht ein Auto kaufen.

Weihnachten ist irgendwie

Jedes Jahr ist es dasselbe: Man wacht am Neujahrmorgen auf und es ist schon fast wieder Weihnachten. Den ganzen Januar kann ich an nichts anderes denken, und ich bin froh, wenn er dann endlich vorbei ist. Ich mache mir die ganze Zeit Gedanken um Geschenke und was ich denn anziehe, wenn die Familie sich am zweiten Feiertag trifft. Es ist schon fast wie in einem Horrorfilm, wenn ich nachts aufwache, den Geruch von Lebkuchen in der Nase habe und mir dann siedendheiß einfällt, dass ich noch keinen Tannenbaum gekauft habe. Meistens geschieht das Mitte Mai. Ehrlich gesagt hatte ich noch nie einen Weihnachtsbaum, aber irgendwann werde ich damit anfangen, und vielleicht ist im Mai ja die richtige Zeit, um einen zu pflanzen. In genau diesem Monat habe ich dann übrigens auch alles vergessen, was ich im vergangenen Jahr zu Weihnachten bekommen habe, wirklich, ich kann mich an nichts mehr erinnern. Es ist ein traumatischer Gedächtnisschwund, der vermutlich darin begründet ist, dass meine Verwandtschaft mich in der Regel mit Krawatten, Unterhosen, warmen Wollsocken, selbstgehäkelten Pullovern, wertvollen Sachbüchern über Dinosaurier und Gutscheinen für Ballonfahrten überhäuft. Nicht dass ich die Reisen durch die Luft nicht schätze, nein, es ist nur so, dass die Gutscheine oft schon abgelaufen sind, wenn ich sie bekomme. Vielleicht sind sie auch erst abgelaufen, wenn ich sie einlösen will, ich habe keinen Geschenk-Eingangsstempel. Was ich eigentlich sagen will: Weihnachten kommt mir immer sehr ungelegen.

In Deutschland beginnt die Festzeit mit ersten Adventsmonat, dem September. Zu dieser Zeit werden die Regale in den Supermärkten mit Adventskalendern, Lebkuchen, den leckeren Dominosteinen und Spekulatius gefüllt. Bedenkt man mal, dass diese Produkte schon zu Ostern in den Fabriken gefertigt wurden, so wundert sich niemand, dass der Weihnachtsmann aus Schokolade am Heiligen Abend ein wenig mürbe schmeckt. Die Osterhasen, die logischerweise im Dezember gegossen werden, schmecken zu dieser Zeit aber noch schlimmer, denn die sind vom Weihnachten des vergangenen Jahres. Ein ganz Schlauer wollte mir mal weismachen, dass es sinnvoll sei, Weihnachtsleckereien erst eine Woche vor dem Fest zu kaufen, weil sie die letzte Produktionsserie seien. Nein, Irrtum! Die Schokolade für das Weihnachtsfest wird an einem einzigen Tag gemacht, am Donnerstag vor Ostern: Die Sachen, die erst kurz vor dem 24. Dezember in die Regale gestellt werden, sind also genauso alt wie alles andere, lagen aber zum Frischhalten in der Kühlhalle des Supermarktes neben den toten Gänsen, Truthähnen und Karpfen. Bei der Völlerei an den Festtagen kann man ohnehin geschmacklich keinen Unterschied feststellen, was nun Schokolade und was Fisch ist. Nun, ich will niemandem den Appetit verderben, aber ich weiß, dass es so ist, weil ich mal eine Nacht in einer Kältekammer eingeschlossen war. Ursprünglich hatte ich die Toilette gesucht und so ein Kühlraum ist auch nicht viel anders, nur eben kälter. Und man kommt allein nicht raus, aber das kann einem auch auf einer öffentlichen Toilette passieren. Was ich eigentlich sagen will: Weihnachten ist für mich irgendwie unappetitlich.

Am 1. Oktober haben alle Läden bereits ihre leuchtende und blinkende Weihnachtsdekoration in die Schaufenster gelegt, die leider erst im November zur Geltung kommt, weil es im Oktober noch zu lange hell ist. Das ist zwar schade, aber man erkennt den guten Willen und das ist ja bekanntlich das wichtige am Fest der Liebe. Leider führt der erhöhte Stromverbrauch durch die aufwendige, wenig Wärme verbreitende Lichterkettendekoration dazu, dass die Preise für alle typischen Weihnachtsgeschenkartikel nicht sinken, sondern steigen. Per Leserbrief wendete ich mich an eine große, bekannte Tageszeitung, die niemand liest, aber dessen Inhalt immer bekannt ist und die sonntags immer einen vorzüglichen Sportteil hat, den ich schon deshalb nicht lese, weil ich mich nicht für Sport interessiere und ich keine Zeitung kaufe, und regte vor einigen Jahren an, sämtliche elektrischen Beleuchtungen in Hamburg durch natürliches Kerzenlicht zu ersetzen, wirklich alle, quasi die Großstadt Hamburg vom elektrischen Strom zu befreien. Ich fand das einen wunderbaren Gedanken, weil ich die Atmosphäre von Kerzenlicht immer sehr behaglich und erwärmend finde, und ich hatte für alles, für jedes Gebäude einen Plan entworfen, wie man die Beleuchtung lösen könne. Im Grunde genommen war es kein Brief, sondern eher eine Arbeitsanweisung, oder vielleicht eine Arbeitsidee von fast 500 Seiten. Mein Werk wurde jedoch nicht abgedruckt, und ich erhielt eine Antwort, in der man behauptete, es sei nicht möglich, die Landemarkierungen des Flughafens durch große Altarkerzen zu ersetzen. Ich bin anderer Meinung, aber was ich eigentlich sagen wollte: Weihnachten ist mir immer irgendwie zu kalt.

Dann ist plötzlich Dezember, meistens am Jahresende, also kurz vor dem 1. Januar, und plötzlich vergeht die Zeit nicht mehr. Da kann man einkaufen gehen, so viel man will, man kann jede Woche ein weiteres Licht auf dem Kranz anzünden, die Eltern mit zufällig gestellten Fragen aus der Reserve locken, was denn in diesem Jahr unter dem Tannenbaum läge – die Zeit kriecht dahin. So ähnlich muss es der schwangeren Maria gegangen sein, die auf die Geburt ihres Sohnes wartete. Ganz Deutschland wartet, und ich kann endlich damit beginnen, die Türen des Adventskalenders zu öffnen, meine letzte Hoffnung im Zeitvertreib. Seit über 30 Jahren schenkt mir meine Mutter so ein wunderbares Teil, das für mich denselben Stellenwert wie ein Terminplaner hat. Bei diesen wunderbaren, in Leder eingebundenen Mäppchen vergesse ich regelmäßig, die Termine einzutragen oder verschlage die Seiten und schreibe meinen Geburtstag für den Januar ein. Aber ich glaube, ich habe im September Geburtstag. Oder April. Mit dem Weihnachtskalender ist es nicht anders: Meistens habe ich nach zwei Tagen alle Türen geöffnet und warte auf das Christkind. Weihnachten kommt irgendwie immer zu spät.

Links, rechts, nein: Geradeaus

Es war eine Einladung zum Geburtstag: Ich kannte die Gastgeberin nur flüchtig, doch sie hatte den Ruf, zu ihren Partys allerlei illustre Gäste einzuladen, die sich dann näher kommen sollten. Und manchmal hoffe ich, auf solchen Partys jemanden kennenzulernen, der oder die mir Spaß macht, der witzig und ernst ist, der Schriftsteller ist, der intelligent ist, der nachts wach liegt und nachdenkt, jemanden, der die gleiche Musik hört wie ich. Aber ich treffe mich selten auf Partys, weil ich es immer als langweilig empfinde, dort hinzugehen. Diesmal war ich fest entschlossen, dort aufzutauchen, und ich hatte mir sogar eine Wegbeschreibung schicken lassen, damit ich auch keine Ausreden mehr fände, um zu Hause zu bleiben. Wegbeschreibungen nützen allerdings wenig, wenn man sie zu Hause auf dem Schreibtisch liegen lässt.

Das Dorf zu finden, in dem die Party stattfand, war kein Problem, auch wenn es nur ein kleiner Punkt auf der Landkarte war. Die Winzigkeit des Punktes machte mir Mut, die gesuchte Straße schnell zu finden, aber der Ort war größer als ich angenommen hatte und die Straße „Försterberg" war weder in der Nähe des Waldes, noch lag sie an der einzigen, wenn auch winzigen Erhebung des Dorfes. Ich verfluchte den Planer, der die Straßennamen für diesen Ort verteilt hatte, nehme aber an, dass er ungeschoren davon gekommen ist – schließlich bin ich Schriftsteller und kein Voodoo-Meister. Nach einer halben Stunde des vergeblichen Suchens begann ich also, nach einem Passanten Ausschau zu halten, der mir den rechten Weg weisen würde.

Der junge Mann, den ich zuerst fragte, war weder für mich noch für diese Geschichte von besonderen Wert: „Nee, tut ma leid, ick bin hia och nur zu Besuch, wa." Gut, man sollte vom Leben nicht zu viel erwarten. Besonders dann nicht, wenn man in einem kleinen, nach Kuhmist stinkenden Dorf nach einer Straße sucht, die Försterberg heißt und man die Wegbeschreibung auf dem Schreibtisch liegen lässt.

Immerhin schien mich das Schicksal nicht vollends strafen zu wollen: Auf einer Holzbank saß ein alter Mann, der offensichtlich den lauen Sommerabend genoss. Ich hielt dicht neben der Bank, kurbelte mühsam die Beifahrerscheibe herunter und fragte: „'Tschuldigung, ich suche den Försterberg: Wie komm' ich denn da hin?" Der Alte stand mühsam auf, kam schlurfend auf den Wagen zu und krächzte: „Tut mir leid junger Mann, ich bin ein wenig harthörig – was haben Sie gesagt?" Hätte ich den Mann einfach stehen lassen sollen? Nein, seine Bemühungen weckten ein Gefühl der Rührung in mir, immerhin konnte ich ihm jetzt die Möglichkeit geben, dass er gebraucht wurde, und wiederholte meine Frage langsam und laut. „Ah", ächzte er und verfiel kurz ins Nachdenken. In der Zwischenzeit hätte ich eigentlich die Welt umrunden können oder einen Straßenatlas herausgeben können, doch ich wollte dem alten Mann gegenüber nicht unhöflich sein.

„Also, junger Mann, das ist eigentlich ganz einfach", begann er mit brüchiger Stimme, „erst mal fahren Sie ja in der völlig falschen Richtung – Sie müssen drehen! Dann fahren Sie diese Straße wieder zurück, bis links der „Meyer-Hof" kommt und auch noch daran vorbei..."

„Moment", unterbrach ich ihn, „der Meyer-Hof ist eine Gaststätte?"

Er schüttelte langsam den Kopf: „Nein, nein. Da wohnen doch die Meyers, die kennen Sie doch sicher. Der Sohn arbeitet jetzt im Katasteramt und hat diese junge Frau von auswärts geheiratet. Naja, Sie fahren ja daran vorbei und dann sehen Sie links und rechts Bäume, so große Eichen. In die eine hat vor Jahren mal ein Blitz eingeschlagen, das hat ganz furchtbar geknallt, das sage ich Ihnen, aber jetzt steht die da ja auch nicht mehr: Letztes Jahr haben sie die ausgegraben und Brennholz daraus gemacht."

Ich nickte: „Ja, aber der Försterberg...?"

„Nu mal nicht so ungeduldig, junger Mann", sagte er mit leichter Entrüstung, „so viel Zeit muss sein. Ich will ja, dass Sie auch finden, wonach Sie suchen." Ich seufzte leise und fragte mich, warum so etwas immer mir passierte: Sollte ich irgendwann mal alles aufschreiben, dann würde mir es sicher niemand glauben. Ich stand am Straßenrand, fragte nach dem Weg und erfuhr die Geschichte des Dorfes: Das soll mir mal erst mal jemand nachmachen.

„Also, jetzt passen Sie mal gut auf: Nach den Eichen müssen Sie links..., nein, warten Sie: Rechts abbiegen und da ist dann auch ein Straßenschild..."

„Der Försterberg", ergänzte ich und überlegte, ob ich genug Proviant mit hatte, um mich und den alten Mann hier noch eine Nacht lang zu ernähren. „Nein! Der kommt später", sagte er beleidigt, „dazu müssen Sie erst am Ende der Straße... oh..", murmelte er plötzlich, „das hatte ich ganz vergessen."

„Was", fragte ich lauernd und befürchtete das Schlimmste.

„Na, die Straße ist doch jetzt eine Sackgasse, da kommen Sie nicht weiter – oder wollen Sie vielleicht von dort aus zu Fuß gehen? Dann ist das viel einfacher und außerdem sehen Sie noch etwas von der Gegend. Diese Autofahrerei ist auch gar nicht gesund für den Rücken, ich selbst ..."

„Nein", stoppte ich den Redefluss des Alten, „ich will eigentlich nur zum Försterberg."

„Ach, warum sagen Sie das denn nicht gleich?", fragte der Mann überrascht, „ich habe Ihnen doch schon gesagt, dass ich nicht so gut höre. Also: Sie fahren weiter auf dieser Straße und biegen da hinten links ab, das ist die zweite, nein: die dritte Straße – da ist ja mal vor Jahren so ein schrecklicher Unfall passiert, vielleicht haben Sie davon gehört: Die sind ja alle gestorben, alle, und das war auch eine große Sauerei, was da....."

Ich wurde Teil der Geschichte des Dorfes, und man erzählt den Reisenden noch heute Spukgeschichten über den Mann im Auto, der immer auf der Suche nach dem Försterberg durch den Ort fährt. Und manchmal, in lauen Vollmond-Sommernächten hört man das Knattern eines alten Wagens, der vor einer Bank steht. Und steht. Und steht....

Alles Idioten

Ganz selten, wirklich sehr, sehr selten, lasse ich Inga ans Steuer ihres Wagens, denn in der Regel fahren wir mit meinen Auto. Schon allein deshalb, weil ich keine Straßenkarten lesen kann und Inga sich immer so aufregt. Meistens über mich, weil ich nicht still sitze. Glaube ich. Und es ist nicht gut, sich als Fahrzeuglenker aufzuregen, aber Inga ist stur. Meistens. vor allem dann, wenn sie schnell nach Hause will. Ich für meinen Teil reise nur äußerst ungern, wenn Inga am Steuer sitzt und bemühe mich, das Geschehen fatalistisch hinzunehmen: Mein Leben endet ohnehin, warum nicht in einem Auto? Vermutlich habe ich vom Autofahren auch einfach keine Ahnung, ich beherrsche nicht einmal die einschlägigen Vokabeln.

„Fahr doch!", rief Inga über das Lenkrad hinweg und kleine Tropfen Speichel fielen dabei auf das Armaturenbrett. Aber Inga bemerkt solche Kleinigkeiten nicht und schon gar nicht, wenn sie mit dem Verkehr beschäftigt ist. Mit dem Verkehr vor ihr – was hinter ihr fährt, interessiert sie nicht und das ist bei den Geschwindigkeiten, die heutzutage jeder Kleinwagen erreicht, auch wirklich unwichtig. Ich saß schweigend auf dem Beifahrersitz, versuchte dabei entspannt, ja, gelangweilt zuwirken, hielt mich mit der rechten Hand aber krampfhaft am Haltegriff der Tür fest. Und manchmal, wenn die Situation auf der Straße zu brenzlig wurde, dann schloss ich die Augen und hoffte, dass alles schnell zu Ende ginge. Mit mir. Und mit dem Wagen. Ingas Fahrstil glich dem von Michael Schumacher, wobei ich noch nie mit ihm im Rennwagen saß. Da passt auch immer nur einer auf den Sitz, in Ingas Auto passen sogar fünf Personen – und ich hatte Angst für vier. „Du meine Güte", hörte ich sie trotz meiner geschlossenen Augen, „es sind wieder nur Idioten unterwegs."

Wir flogen, nein, fuhren über die Landstraße: Auf der Autobahn war Stau und Inga wollte schnell nach Hause. „Das schaffen wir nie bei dem Verkehr, die Lindestraße kann ich vergessen", murmelte sie genervt, fuhr dicht auf den vor ihnen fahrenden Wagen auf: „Oh, Gott! Gib doch Gas! Hornochse!" Erschreckt sah ich abwechselnd zwischen Inga und dem immer größer werdenden Nummernschild des Wagens hin und her. Ingas Temperament ist mitunter zügellos, wobei sie den Wagen ähnlich lenkte. Im Rückspiegel des anderen Wagens konnte ich das Augenpaar des Fahrers erkennen, der missbilligend den Kopf schüttelte. „Er kann doch nicht schneller", versuchte ich Inga zu beruhigen, „vor ihm sind doch noch andere Autos." Aber Inga lässt sich durch derartig unwichtige Hinweise nicht von ihrer Linie abbringen, zumal sie postwendend eine Antwort parat hatte: „Das ist ein Porsche, der hat mindestens 200 PS, der könnte alle ganz leicht überholen. Aber nein, der zuckelt hier so vor sich hin und behindert den Verkehr. Er könnte schneller, wenn er nur wollte: Er will mich bremsen." Gereizt trommelte Inga mit den Fingern auf dem Lenkrad herum, zog den Wagen in die Fahrbahnmitte, um abzuschätzen, ob sie endlich überholen konnte. Der entgegenkommende Verkehr war schwer einzusehen, weil drei Fahrzeuge weiter vorn ein kleiner Lastwagen fuhr. „Müssen die denn alle am Sonntag fahren", quetschte sie verärgert hervor, „außerdem haben diese LKW's doch am Wochenende Fahrverbot!"

„Vielleicht hat er eine Sondergenehmigung", platzte es aus mir heraus und Inga brachte meine Äußerung noch mehr in Rage: „Jaja, Sondergenehmigung! Die möchte ich mal sehen! Am liebsten hätte ich jetzt so ein Blaulicht auf dem Dach, dann würde ich diese ganzen Penner von der Straße holen. Verkehrshindernisse sind das, die sind doch alle bekloppt!" Wieder zog sie den Wagen in die Straßenmitte: Eine schwere Limousine kam uns entgegen und hupte, ich schloss instinktiv die Augen und murmelte in Sekundenbruchteilen das Vaterunser – obwohl ich nicht in der Kirche bin. „Idiot", murmelte Inga während sie den Wagen schnell wieder auf die rechte Seite brachte. Rückartig drückte sie das Gaspedal runter, beschleunigte, fuhr dicht auf den Porsche auf und bremste im letzten Moment. Der Mann im Wagen vor ihnen tippte sich an die Stirn. „Selber", sagte grummelte sie halblaut, „los überhol doch endlich, du Penner!"

Ich schloss die Augen, drückte mich tief in den Sitz und wünschte mir, dass ich ein Schild hochhalten könnte auf dem deutlich zu lesen steht: „Ich gehöre nicht dazu." Ich nahm mir vor, zu schweigen. Jedenfalls für den Rest dieser Fahrt. Und beim nächsten Mal würde ich dann versuchen, mich wieder selbst ans Steuer zu setzen. Wenn es überhaupt noch ein nächstes Mal gäbe.

Wir rollten in eine Ortschaft und die Bremsleuchten der anderen Fahrzeuge leuchteten auf – ein weiterer Stein für Ingas Groll-Mauer. „Das gibt's doch nicht: Jetzt bremsen die hier auf 60 runter. Jeden Tag gurken die mit 70 Sachen hier durch, aber heute, am Sonntag, da fahren sie alle wie meine Oma aus Osterode – klasse!" Sie nahm die Hände vom Lenkrad und klatschte Beifall: „Wunderbar, wirklich wunderbar!" Und sie tippte auf das Gaspedal und kurz darauf auf die Bremse, so dass der Wagen unruhig hin- und herschaukelte. Ich hielt mir die Hand vor den Mund, versuchte, die Übelkeit zu bekämpfen. Hinter uns hupte jemand, was Inga weiter auf die Palme brachte. „Was willst Du?", schrie sie in den Rückspiegel. „Guck ihn Dir an", wandte sie sich an mich, „so ein blöder aufgemotzter Opel! Der meint wohl, er wäre schneller. Aber warte: Dem zeige ich's!"

Ich verkniff mir etwaige Kommentare und zog den Gurt etwas fester. Inga ließ den Wagen ausrollen, bis die Tachonadel genau auf die Fünfzig zeigte. Die Wagen vor uns entfernten sich langsam, doch Inga hatte nur Augen für den Rückspiegel und ihren Tacho. „Gleich gibt er Gas und will überholen", sagte sie lauernd und schielte fortwährend in den Rückspiegel. Tatsächlich gab der Fahrer hinter uns Gas, blinkte links und setzte zum Überholen an. Inga beschleunigte im selben Moment, ohne dabei den Rückspiegel aus den Augen zu verlieren: „Dich mach ich platt", grinste Inga triumphierend, ehe sie plötzlich laut aufschrie, als sie die Bremsleuchten des Wagens vor sich sah: „Scheiße!" Als Inga bremste, war es schon zu spät, und ihr kleiner Wagen rutschte in den teuren Sportflitzer, ich hörte das Splittern von Glas, das Bersten von Kunststoff und knirschendes Metall. „Gottverdammich", fluchte Inga leise, mahlte mit den Backenknochen und starrte auf das Desaster. Ich seufzte leise, als ich sah, wie die Fahrertür des Porsches aufgerissen wurde. „Arschloch", hörte ich den anderen Fahrer rufen und sah ihn wild mit den Händen gestikulieren, „Sind heute denn heute nur Idioten unterwegs?" Echte Autofahrer sprechen eben dieselbe Sprache.

Regentränen
49 Gedichte und Gedankengänge
zum Erleben, Mitfühlen, Nachdenken oder Kopfschütteln.
49 Möglichkeiten, sich treiben zu
lassen und in Worten und Gedanken zu schwelgen.

ISBN 3-8334-2569-5
8,- Euro